EN ATTENDANT
BOJANGLES

等待舞曲再次
响 起

〔法〕奥利维耶·布尔多特——著
唐蜜——译

著作权合同登记号　图字 01-2017-2919

EN ATTENDANT BOJANGLES by OLIVIER BOURDEAUT
Copyright © Editions Finitude，2016
Current Chinese translation rights arranged through Divas International，Paris
巴黎迪法国际版权代理（www.divas-books.com）
Simplified Chinese Copyright © Shanghai 99 Readers' Culture Co.，Ltd.，2017
All rights reserved.

图书在版编目(CIP)数据

等待舞曲再次响起／(法)奥利维耶·布尔多特著；唐蜜译.—北京：人民文学出版社，2017
ISBN 978-7-02-013449-6

Ⅰ.①等… Ⅱ.①奥… ②唐… Ⅲ.①中篇小说-法国-现代 Ⅳ.①I565.45

中国版本图书馆 CIP 数据核字(2017)第 253641 号

责任编辑　朱卫净　张玉贞　汤淼
装帧设计　汪佳诗

出版发行　人民文学出版社
社　　址　北京市朝内大街 166 号
邮政编码　100705
网　　址　http://www.rw-cn.com

印　　刷　上海盛通时代印刷有限公司
经　　销　全国新华书店等

字　　数　71 千字
开　　本　889 毫米×1194 毫米　1/32
印　　张　3.5
版　　次　2018 年 1 月北京第 1 版
印　　次　2018 年 1 月第 1 次印刷

书　　号　978-7-02-013449-6
定　　价　29.00 元

如有印装质量问题，请与本社图书销售中心调换。电话：010-65233595

1

我爸说，在我出生之前，他是用渔叉逮苍蝇的。他还给我展示了一只渔叉和一只被压扁的苍蝇。

"我后来不干了，工作难度高，报酬又低。"他总结道，同时将以前的工作装备放回到一个上了漆的箱子里。"现在我开修车厂了，工作很忙，但赚钱不少。"

开学了，上课之前作自我介绍的时候，我洋洋得意地介绍了爸爸的职业，而老师温和地训斥了我，同学们则毫不留情地嘲笑了我。

"真相总是不招人待见，只可惜这真相还跟吹牛皮一样幽默。"我悲叹道。

事实上，我父亲是个法律工作者。

"我们是吃法律饭的！"他哧哧笑着，往烟斗里填烟草。

他不是法官，不是议员，不是公证人，不是律师，他跟这些职业都不沾边儿。他的参议员朋友充分关照了他的工作。因为他这位朋友，关于新的法规制度的出台这一类消息，我爸是近水楼台先得月。他的朋友创造了一个彻头彻尾的崭新行业，我父亲全身心地投入了其中。新标准、新行业，他于是成了"开修车厂的"。为了使机动车运行安全有序，参议员决定：所有的车都得经过一道技术检查。于是，不管是公车还是私车，不管是豪华轿车还是全身哪儿都响的破车，都得通过这道体检，以保证它们不出事故。有钱没钱，都得照办。显而易见，既然是强制检查，我爸收得非常、非常贵。来也要交钱，去也要交钱，检查要交钱，不满意复查也要交钱。见他开怀大笑的样子，这样应该是挺好。

"我在拯救生命，我在拯救生命！"他笑着，鼻子都杵到了银行存单里。

这一时期，"拯救生命"很来钱。在开了好多的修车厂之后，他把它们全都卖给了一个竞争对手。这让妈妈如释重负，因为她不喜欢他成天忙着"拯救生命"，而我们都见不着他。

"我工作到很晚是为了更早地结束工作。"这是他的回答，我听不太懂。

我常常听不懂我爸在说什么，随着时间推移，我懂得更多一点儿，但也不是全懂，这也挺好。

他的下唇上有个带灰黄色的、还有点儿鼓的小窝儿，他跟我说是生下来就有，但我很快就明白那是他孜孜不倦抽烟斗的结果，这让他的微笑既迷人又有点儿扭曲。他的发型让我联想到门口桌上放着的普鲁士士兵：中分，两边都带着波浪。除了他和普鲁士士兵，我从来没见过任何人顶着这种发型。他的眼窝有点儿凹，蓝色的眼珠又有点儿鼓，这让他的目光看起来很好奇，深邃又活泼。这个时期，我看到的他总是很幸福的样子，而且他自己也总是说：

"我是个幸福的白痴!"

闻听此言,我妈答道:

"乔治,你的话我们坚信不疑,坚信不疑!"

他老是哼着歌,哼得很难听。他有时也吹口哨,吹得也很难听,但因为他是发自内心的高兴,于是也能凑合着听下去。仅有的几次家里没客人的时候,他把他干巴巴的身体蜷缩在我的小床上,给我讲好听的故事哄我睡觉。他眼珠一转,顿时,一座森林、一头狍子、一只妖精、一具棺材,他把我的睡意驱逐得无影无踪。我接下来要么是狂笑着在床上跳来跳去,要么是被吓得半死躲在窗帘后面。

"这些故事能让人站着睡觉!"他扔下这句话,离开我的房间。

这话我们也是能坚信不疑的。星期天下午,为了弥补一周以来过度的吃喝对身体的伤害,他会做些肌肉训练。对着有金色框架,顶上还有一个大花的镜子,他听着爵士乐,叼着烟斗,光着上身,搬弄几个小得可怜的哑铃。他管这个叫汤力操,因为,他还会时不时地停下来,喝几大口金汤力水,然后喊我妈:

"您可以试试做点儿运动,玛格丽特,真的,既有乐趣,又能舒筋活骨!"

我妈这时正眯着一只眼睛,舌头抵着牙齿,试着用迷你假阳伞的木棍儿戳起马提尼酒里的那颗橄榄。

"您倒是该试试喝点儿橙汁儿,真的。您喝了就该觉得做运动没劲儿了。还有，行行好，别再叫我玛格丽特了，给我取个别的名字，不然我真的要像个小母牛似的哞哞叫了。"

我从来都没明白是什么原因，但我爸从来都不会连续两天叫我妈同一个名字，虽然有些个名字她很快就厌烦了，但我妈很喜欢这个习惯，于是，每天早上，厨房里，我看着妈妈，鼻子埋在碗中，或是把下巴捧在双手里，用含着笑意的眼睛盯着爸爸，等待判决结果降临。

"噢，不要，您不能这样啊！不要叫我勒雷，至少今天不要。今晚上还有人吃饭呢！"她嘻嘻笑着，然后转头做着鬼脸给镜子里的新勒雷打招呼，或者做出庄重的样子看着新的约瑟芬，要不，就是鼓起腮帮子向新的玛丽莲问好。

"再说了，我的衣柜里都没有可以给蕾妮穿的衣服！"

一年只有一天，我妈会有一个固定的名字，二月十五号，她叫做乔治特，她也不是真的叫乔治特，只是因为情人节圣瓦伦丁日的第二天就是圣乔治特日。对我的父母来说，情人节这天下馆子，实在不是什么浪漫的事儿：周围的人都心不甘情不愿，还得做出样子被迫一起进餐，有点儿什么事儿都还要求着服务生。于是每一年，他们只会庆祝圣乔治特日，餐厅里除了他们俩空无一人，服务生都是围着他们转，再说了，爸爸认为，一个浪漫的日子只能是以女人的名字命名。

"请为我们预留最好的桌子，客人名字是乔治和乔治特，谢谢。告诉我，那些俗气的粉色心形蛋糕，你们那儿没有了吧？

没了？谢天谢地！"这是妈妈在预定一家高级餐厅。

对他们来说，圣乔治特日，绝对不是轻佻之爱的节日。

卖掉那些修车厂后，我爸不再需要早起给我们做吃的了，于是开始写书。一天到晚地写，写了很多。他坐在大书桌前，铺开纸，有时写，有时笑，有时写下他为什么笑。他用烟丝填满烟斗，用烟灰装满烟灰缸，让烟充满整个房间，再在纸上满满当当地画满墨迹；同时，空下来的，只有一杯又一杯的咖啡和一瓶又一瓶各式鸡尾酒。然而，各家出版社的回答总是千篇一律："写得很好，很有趣，但没头没尾。"为了安慰一次次被退稿的爸爸，我妈说：

"真是见了鬼了，谁还真的见过长着头长着尾巴的书了？"

这话让我们都乐不可支。

关于我妈，我爸说她用"你"称呼星星，真奇怪，她跟谁都称"您"，跟我也一样，她对那位努米底亚来的小姐也称"您"。这是只令人惊叹的优雅的大鸟，就住在我们的公寓里。自从他们以前的某个日子的某个时候去了一趟我也不知道的什么地方，他们就带回了这只有着白色翎毛和红色眼珠的大鸟，让她在家里举着弯曲的长脖子游荡。我们叫她多余小姐，因为她真的没有任何用处，只会没来由地亮着嗓子喊几声，或者在地板上堆起圆锥形的鸟屎，要不就是在大半夜拿她那橘色和橄榄绿相间的大嘴壳来敲我的房门，把我惊醒。小姐跟我爸的那些故事一样，站着睡觉，还把脑袋藏在翅膀下头，我小时候也试过这样睡觉，但是真的很难。小姐最喜欢的，是妈妈躺在沙发上读书时，另一只手一连几小时轻轻地摸着她的脑袋，小姐跟别的所有博学的鸟一样热爱阅读。

一天，我妈想要带着多余小姐上街买东西，还用漂亮的珠子穿了条链子，好拴着它，可惜小姐被街上的人群吓坏了，喳喳乱叫，这一下又吓坏了路人。一位牵着只腊肠狗的老太太甚至对妈妈说，在人行道上牵着鸟溜达，是不人道的，而且很危险。

"长毛和长羽毛还真不一样了！小姐从来没有咬过谁，我还不得不说，它比您那个毛肉墩子优雅多了！小姐，过来，咱回家了，这些人真是庸俗粗鲁！"

妈妈回到家时还怒气冲冲，每到这种时候，她都会去找我爸爸诉说，也只有等到说完了，心情才会好起来。她经常生气，不过持续时间都不长，我爸的声音对她来说是一味绝佳的镇静剂。别的时候，她对一切都充满着热情，并且开心地蹦跳着迎合这世界无比奇妙的变化。她既不把我当成大人，也不当成小孩儿，而是一个小说中的人物，她温柔地爱着这本小说，随时都能马上沉浸于其中，她不愿听说有挫折，也不希望有悲伤。

"当现实平凡而悲哀的时候，就给我编个故事吧！您编谎话编得那么好，不编就真的可惜了。"

于是我编造出一天的经历，她听了啪啪地拍着手，咯咯笑着：

"多有意思的一天,我最爱的孩子,您一定玩得很开心,我真替您高兴!"

然后她就亲我亲个不停,她说她是在啄我,我很喜欢被她啄。每天早上,在收到了当日的新名字之后,她把她的一只天鹅绒手套洒上香水交给我,如此一来,整整一天,她的手都牵着我。

她的面容的某些个地方透露出她举动中的孩子气,丰满的脸颊上方,两只绿色的眼珠冒冒失失地闪烁着。为了驯服狮鬃一般的头发,她不经意地别上珍珠色或者花花绿绿的夹子,这又让她看起来像是个无理顽皮而又蠢笨的女大学生。但同时,她那鲜红丰满的嘴唇奇迹般地叼着摇摇欲坠的白色细长香烟,还有长长的睫毛,扑闪着审度世事,观者由此醒悟,她已经长大了。她有些奇异却又无比优雅的衣着,至少是搭配上的什么方式,向审视的眼光证明,她有过丰富的经历,她风华正茂。

后来我在爸爸的秘密笔记里读到了这一段,要说这写得的确没有尾巴,但至少有一个头,而且还不是随随便便的一个什么头。

我爸妈随时随地都在跳舞,晚上和他们的朋友们一起跳,上午和下午他们俩一起跳,我有时也加入。他们跳起舞来真是不可思议，可以撞翻行进途中的一切事物，爸爸把妈妈抛向空中，妈妈转上一圈、两圈甚至三圈后，他再抓住她的指甲把她拉回来，他把她从双腿之间扔出去，或者让她跟风向标一样围着他转，有时他不小心撒了手，妈妈就屁股着地摔下来，裙子散开在四周，让她看起来像是个放在小碟子上的茶杯。每次他们跳舞，都会无一例外地备上好些疯狂的鸡尾酒，插上小阳伞，放上橄榄、勺子、各式各样的酒瓶。客厅的五斗橱上，有一幅巨大的黑白照片，那上面，身着晚礼服的妈妈正在跳进游泳池，照片的前方，摆着一架漂亮的老留声机。它永远播放着同一张唱片上的同一支曲子，妮娜·西蒙的《博让戈先生》，这是唯一的一支有权被留声机播放的曲子，别的音乐都只能躲在一个更现代、音色却有些黯淡的音箱里。这支曲子真的很疯狂，哀乐参半，听着这首曲子，我妈妈的心情也变得又忧伤又喜悦，曲子很长，但也总是结束得太快，于是妈妈就会拍着手大声喊："再放一遍！"

这时候，就得赶紧把机器的唱臂重新放到唱片上，也只能是钻石，才能奏出这般的音乐。

为了尽可能地招待更多的朋友，我们的公寓很宽敞，门口的黑白地砖拼成了一副巨大的跳棋盘。我爸买了四十个黑色和白色的靠垫，星期三下午，我们就来下这盘巨大的棋，普鲁士骑士当裁判，不过他只是看着，从来不说什么，多余小姐有时会来捣乱，用头顶走白色的靠垫或者用尖嘴啄，也是那些白色的，只是不知道这是因为她不喜欢还是太喜欢，我们从来都没明白——小姐跟所有的人一样有它的秘密。门厅的一角，有一座小山，是由我父母收到的、但从未打开就扔到那里的信件堆成的。这座山也是屋里的摆设之一，松软膨大，我兴奋地扑上去都不会受伤，爸爸有时说：

"你要是不听话，我就罚你把信都拆了，再给它们归类。"

但他从来没这样做过，他不是坏人。

客厅也很奇异，有两个血红色的、癞蛤蟆似的沙发，我的父母可以舒舒服服地躺在上面喝酒。有一个玻璃桌子，里面有五颜六色的沙子，还有一个蓝色的厚垫子沙发，我妈妈建议我在上面蹦跳。她常常和我一起跳，还跳得很高，都能摸到那个有一千个烛台的吊灯上的水晶球，我爸说得对，只要她愿意，她能跟星星呼朋唤友。沙发对面有一只老旧的旅行箱，粘满了各个国家首都的不干胶，上面放着一台已经不怎么能用的小电视机。每个频道的画面都是灰色、黑色或者白色的蚂蚁，为了惩罚它无趣单调的节目，爸爸给他戴了一顶蠢人国国王的帽子。有时他说：

"你要是不听话，我就开电视。"

连着几小时看着这电视也太可怕了，但他很少这么做，他不是真的很坏。至于碗橱，妈妈觉得它太丑，在上面种了些她觉得好看的常青藤，于是这件家具成了一棵巨大的植物，会掉叶子，还得浇水，真是个奇怪的家具、奇怪的植物。饭厅里，吃饭需要的东西应有尽有，一张大桌子，还有好些可以给客人的椅子，当然也有给我们自己的，这是最基本的设施吧。通向卧室的是一个长长的走廊，秒表显示，我们一次次地刷新了短跑记录，爸爸总是赢，多余小姐总是输，她对竞赛不太感兴趣，反正她也害怕掌声。我的房间里有大中小三张床，因为以前的床陪我度过了好些快乐的时光，我于是选择将它们都留下。这样，每天晚上睡哪张床就成了一个困难的选择，而我这堆放了三张床的卧室对爸爸来说简直是个杂物间。墙上挂着一张海报，是穿着廉价西服的克劳德·弗朗索瓦，爸爸用一个圆规把这张海报做成了飞镖靶子，因为他觉得，此人唱歌具有一副破锣嗓子，不过感谢上帝，他说，电力公司把这事儿搞定了[1]，至于为什么，过程怎样，我就不知道了。有时候，正儿八经地说，他真的很难懂。厨房的地板上摆满了大大小小的花盆，里面装满了种来吃的菜，不过大部分时候妈妈都会忘记浇水，满地的菜就变成了满地的干草；而她要是想起来浇水就又浇得太多，连续几个小时，花盆成了漏斗，厨房变成溜冰场，只要泥巴还在渗水，厨房就一片汪洋。多余小姐非常喜欢厨房淹水的时候，妈妈说，这让她想起以前的生活，她像一只快乐的鸟那样呼扇着翅膀、鼓起脖子。天花板上，各式各样的锅中间，还挂着一只很难看但很好吃的风干猪脚。我上学的时候，妈妈在家做好多好吃的，然后交给外卖菜馆冻起来，我们需要的时候再让他们送回来，她做的菜让客人们交口称赞。要给这么多的人准备吃的，家里的冰箱太小，因而干脆总是空着，妈妈在一天中的任何时候，都会请很多人来吃饭：朋友，一些邻

---

[1] 克劳德·弗朗索瓦是二十世纪六七十年代的通俗歌手，死于一次浴室中的触电事故。

居——至少不那么怕吵的,我爸爸以前的同事,看门的阿姨她老公,邮递员——来得正巧的话,来自遥远的北非、但现在正巧在楼下杂货店里看店的老板,一个穿着臭臭的破烂衣衫,但看起来很满足的老头。妈妈跟钟表都翻了脸,于是有时候我下午放学回家,该吃点心的时候能吃上羊腿,有时候却得等到半夜才能吃晚饭,这样的话我们就一边吃橄榄,一边跳舞乖乖等着,有几回要跳好久的舞才能吃上饭,到了很晚的时候,妈妈就哭起来,表示她有多么抱歉。她紧紧地抱着我、啄我,我感觉到她湿润的脸颊,闻到酒精的味道,她就是这个样子,我的妈妈,她这样就挺好。客人们不停地笑,声音也很大,有时候他们笑得累了,就在我的另外两张床上过夜,不赞成早上睡懒觉的多余小姐会把他们叫醒。有客人的时候,我总是睡在我的大床上,早上醒来时我就能看到他们在我的宝宝床上把身体折成手风琴风箱的样子,好笑死了。

每个星期有三天晚上我们都会有一个客人,是从法国中部来到巴黎,在大宫殿里出席会议的参议员,我爸亲热地叫他"人渣"。我从没明白他们是怎么认识的,每回喝酒,他们讲的都不一样,不过两个人在一起闹得可欢了。人渣的头发齐刷刷的,不是那种女孩儿的齐耳短发,而是板刷一样的短发,上面还有直角,头发是方的,脑袋是圆的,中间有两道漂亮的小胡子,再加上一副细细的小钢架眼镜,挂在长得跟大虾尾巴一样形状奇怪的耳朵上。他曾跟我解释说,他耳朵的外形是因为橄榄球的缘故,我没大明白,不过还是总结认为,汤力操作为运动，比橄榄球要安全得多，至少对耳朵来讲是这样。他耳朵的颜色、外形、转来转去的软骨变得跟大虾一样，就是这样了，算他倒霉。他一笑起来，身体就会剧烈抖动，再加上他总是笑，他的肩膀就老是一刻不停地颤抖。他嗓门很大，时不时地发出老式半导体收音机那样吱吱的声音。他还总有一根从来不点的雪茄，他来的时候把烟夹在手指间或者叼在嘴上，走的时候又放回盒子里。一进门，他就喊：

"卡伊布罗斯加，卡伊布罗斯加！"[1]

好长一段时间，我都以为这是他的俄罗斯女朋友的名字，但女朋友总也不见来，为了打发等她的时间，我爸就给他倒上一杯带薄荷叶的冰镇鸡尾酒，参议员看上去也挺高兴的。我妈挺喜欢人渣，因为他很有趣儿，铺天盖地地夸她，而且还让我们挣好多好多的钱，我也喜欢他，也正是因为这些原因，不多也不少。晚上跳舞的时候，他想办法亲遍我妈所有的女朋友，我爸说他利用可能的每一次机会，有时机会真的来了，他就进到房间里去利用，几分钟后出来的时候，他看起来十分喜悦，脸色比以前更红，还喊着他的俄罗斯女朋友的名字，他肯定是觉得有什么不妥当的。

"卡伊布罗斯加，卡伊布罗斯加！"他快乐地高喊着，推推挂在虾形耳朵上的眼镜。白天他去卢森堡宫上班，在巴黎的宫殿为什么叫这个名字，我也实在搞不清楚。他说他会工作到很

---

[1] 一种以伏特加调制的鸡尾酒。

晚，但来得总是很早，参议员的生活规律真是奇妙。回来的时候，他说他的工作在墙倒¹之前有趣得多，因为能看得更清楚。我理解的就是，他的办公室在装修，拆了一堵墙，又拿拆下来的砖把窗户堵上了。我明白，他下班那么早，就算对渣滓来说也不是个正经的工作条件，我爸则宣称：

"人渣是我最珍贵的朋友，他的友谊是无价的。"

这句话我是深刻地理解了。

靠着卖修车厂的钱，爸爸在西班牙很南边的地方买了一座小巧漂亮的城堡，去那里需要坐一会儿车，再坐一会儿飞机，然后再坐一会儿车，这个过程还需要很多的耐心。进到山里面，经过一个下午没人、晚上满是人的白房子村子就到了。从城堡里望出去，几乎只能看到松树林，右边的一角，有一些梯田满满地种着橄榄树、橙子树，还有杏树。熟了的果实正好落在一个蓝色的湖里，湖的尽头是一座雄伟的大坝。爸爸说水坝是他修的，不然湖里的水就都流走了，但我对此表示怀疑，因为家里一件工具也没有，说话不能太夸张，我想。不远的地方就是海，那边的海滩上、楼里、餐厅里、堵在一起的汽车里，全都是人。妈妈说她不懂这些人，怎么会从一座城市到另外一座城市度假？她还说那些人已经肥得冒油了，还为了晒太阳往身上涂油，把海水都污染了。而且这些人太吵，臭气熏天。我们呢，

---

1 指柏林墙的倒塌。

则躺在湖边只有三块浴巾大小的沙滩上晒太阳，舒服多了。城堡屋顶上有个露台，还有开得像云一样的茉莉花，更妙的是它们还芬芳扑鼻。城堡周围的景色令人陶醉，美景之中的爸爸妈妈喝着加了水果的葡萄酒。而我们一天到晚，跳着舞，吃着无数的水果，甚至喝着水果。当然了，博让戈先生也和我们一起旅行，地位特殊的多余小姐则在晚些时候到，我们去机场接她。路上，她只能待在一个纸箱子里，从一个洞里伸出脖子和脑袋，这样的话她当然会不停地叫了，不过这回算她有理。为了吃水果、跳舞、在湖边晒太阳，爸爸妈妈把朋友们也都叫来，大家都觉得这里简直是天堂，而且没有任何能反对这一点的理由。我只要想去天堂就能去，尤其是在爸爸妈妈决定去的时候。

妈妈常常给我讲博让戈先生的故事。他的故事跟他的音乐一样，优美、忧郁，有如舞蹈，饱含情感，这就是我的父母喜欢跟着博让戈先生的曲子跳慢步舞的原因。他生活在新奥尔良，虽然那是在很久以前的过去，那也没什么新鲜事。一开始，他带着他的狗和旧衣服，在另外一片大陆的南部旅行，后来狗死了，一切都变得跟以前不一样了，于是，他仍旧穿着他的旧衣服，去酒吧里跳舞，他伴着博让戈先生这首曲子跳，不停地跳，像我父母一样。人们付给他啤酒钱让他跳，他于是穿着宽大的裤子，跳得很高很高，再慢慢地落下来。妈妈说他跳舞是为了唤回他的狗，她说这说法来源确凿，她呢，她跳舞是为唤回博让戈先生，所以，她不停地跳，为了唤他回来，就这么简单。

2

"您喜欢什么名字就叫我什么，但是拜托，让我高兴，逗我笑吧，这里的人，闻起来都无聊！"她感叹着从自助餐桌上拿起两杯香槟。

"我来这儿，是为了找到合适的人身保险！"说完，她仰头干掉了第一杯酒，然后傻傻地张着眼睛注视着我。

我心想另一杯酒是给我的，天真地伸出手，她却再一次一饮而尽，然后摸着下巴挑衅似的打量着我，带着无礼的笑容肯定地说："这个凄凄惨惨的宴席上，您毫无疑问是最妥帖的合同。"

理智本该劝我逃离，逃离她，另外，我根本就不应该遇见她。

为了庆祝我的第十个修车厂的开张，我的银行顾问，邀请我去了蔚蓝海岸的一个大酒店。他们组织了一个为期两天的正式活动，并且怪里怪气地命名为"成功者周末"。前途无限的青年企业家们都聚集到这个研讨会上来。不光是名字叫得古怪，参加的人也都落魄无比，主持种种座谈会的学者们都长得跟土鳖一样，学识和数据堆在他们皱巴巴脸上。至于我，为了打发时间，从小就喜欢跟学友们和他们的老婆们，编造些关于我的生活故事。于是，头一天晚餐时，开胃菜一上来，我就把话题转向我和一位匈牙利王子的血亲关系，而这位王子的某位女性先辈，还跟德古拉伯爵[1]有过交集。

"跟人们传说的正好相反，伯爵温文尔雅、彬彬有礼。我家里有一些文件能证明，由于一些卑劣低下的人的嫉妒，他不幸地遭到了不可思议的、大面积的谣言中伤。"

每到这种时候，就得忽略那些怀疑的目光，而把注意力放到一桌人中那些最容易上当的人那里，一旦捕捉到了最天真的目光，就得马上供上非常详尽的细节，使之承认奇谈的真实性。这天晚上，一个在波尔多种葡萄的人的老婆大声应和道：

"我就说嘛，关于他的故事实在太夸张了，太可怕，不可能是真的。纯属无稽之谈。"

她的丈夫接过话头，然后整桌人一晚上都在讨论这个话题。每个人都做出分析，表达各自一直都有的疑问，他们互相排疑解惑，给我的谎话添油加醋，没有一个人敢于承认自己相信过这个故事中的任何一个字。用刺枪杀人吸血的伯爵德古拉，他的故事难道不是真的吗？第二天中午，被头天的胜利冲昏头脑的我，又跟一群新的小白鼠做起了实验。这一回，我的父亲是个美国的大企业家，在底特律拥有汽车制造工厂，我还在车间的巨大工业噪声中度过了童年。为了使故事更有可信度，我还给自己加上了儿童自闭症，说我到七岁才开始说话。

---

[1] 中世纪人物，曾统治罗马尼亚地区，其形象逐渐演变成民间传说中的吸血鬼。

用胡言乱语触动听者敏感的心灵，我简直是得心应手。

"那您说的第一个词是什么？"邻座的女士惊讶地问道，她面前的鱼排一丁点儿都没动，早就凉透了。

"轮胎！"我一本正经地回答。

"轮胎？"一桌的人异口同声似的重复。

"不可思议，轮胎！是吧？啊，这就是您经营修车厂的缘故？这就是因果，生命的机缘真是奇妙！"那位女士接着感叹，她面前的盘子，原封未动地被送回了厨房。

晚餐剩下的时间里，大家热烈地讨论了生命中的种种奇迹，每个人的命运，先天的遗传对后天的影响，等等。就着杏仁味的白兰地，我细细地品味着这种自私而疯狂的愉悦——在那么一段时间里，用空穴来风一般确凿的故事逗得人团团转。

所有的宾客都聚集在了游泳池边，我正想开溜，否则我的那些胡言乱语，就要在对峙和交锋中撞得粉碎。就在这个时候，一个女人闭着眼睛跳起了舞，她穿着轻盈的白色裙子，头上插着羽毛，倾斜着抬起的手臂尽头，戴着手套的指尖夹着一支纤细的香烟，另一只手臂则热烈地舞动着一条白色的亚麻披肩，织物在上下翻飞，俨然成了她活生生的舞伴，我看呆了，她的身体在扭动，她的头在有节奏地晃动，头上的羽毛在空气中静静地飞扬着，随着音乐节奏的变化，她的舞蹈时而如天鹅般优雅，时而充满了猛禽的活力，我目瞪口呆站在原地，动弹不得。

我还以为这是银行花钱安排的表演，为了娱乐客人，好给这个平淡得要死的鸡尾酒会增添点儿喜悦气氛，让这些无趣的人有点儿消遣，我看着似乎喝了迷幻药的她在人群中蹦跳穿梭，像疯狂年代的舞女，又带着印第安女人气势，摆出诱人的姿势，让男人们涨红了脸，让女人们浑身不自在。她未经女人的同意就抓起她们丈夫的手，让他们像陀螺一般转上好些圈，再把他们推回各自早已醋意浓重的女人身边，推回他们灰暗的生活里。我在凉棚底下呆呆地看着她，一口口抽着烟斗，一杯杯吞下游走的服务生们送来的酒。不知道这样过了多久，我已经开始有些醉意时，她来到我的身边，定定地看着我羞涩而且可能已经变得呆滞的目光，她的眼睛跟青瓷一样绿，大大地睁着，将我那点可怜的个性尽收眼底，我结结巴巴地吐出一句俗套得可悲的话：

"您叫什么名字？"

"我家壁炉上挂着一幅画，画着一个英俊的普鲁士骑士，您知道吗？您的发型跟他一个样儿，我见过了全地球的人，我敢保证说，自从打完了仗以来，就没有人留这样的发型了！普鲁士都已经消失了，您是怎样让人剪这样的头发的呢？"

"我的头发不长，从来就没长过！您得知道，我在几个世纪前一生下来就顶着这破头型。小时候这让我看起来像老头，不过随着时间推移，这发型也越来越适合我的年龄，我指望着时尚潮流的轮回，能让我在死时有个时髦的发型。"

"您长得跟那骑士一模一样，我是说真的，我从小就疯狂地喜欢他，我都跟他结了一千次婚了，你能理解，结婚是人一辈子最美的一天，我们就决定每天都结一次婚，这么一来，我们的生活就是一场不散的欢宴。"

"您这么一说，我倒是隐隐约约想起来了，我在骑兵团时参加过一场战役，有一次打了一场胜仗之后，我让人给我画了一幅肖像。我很荣幸听说我装点了您家的壁炉，而且已经娶了您一千回了。"

"您说笑了，说笑了。不过真是这样。道理您也能马上明白，我们的婚姻徒有虚名，我还是处女。我不是没有光着身子在画像前跳过舞，只是我的骑士外表气势汹汹，其实笨拙得很。"

"这可让我大跌眼镜了，您的那位战士表现得跟太监一样，我还以为像您那样的舞蹈能让整支军队都站起来，说到这里，舞姿那么动人，您怎么那么有天赋？"

"这个问题让我有点儿尴尬，我不得不向您承认，您可能会大吃一惊，我的朋友，我的父亲是约瑟芬·贝克的私生子。"

"我的天呀，信不信由您了，我跟约瑟芬·贝克很熟，战争期间我还曾和她入住同一家宾馆。"

"不要告诉我说，约瑟芬·贝克和您……曾经……你明白我的意思吗？"

"当然。那是一个美好的夏日夜晚，有敌军来空袭，她躲到了我的房间，恐惧、酷热、无间的距离，我们没能抵挡诱惑。"亲爱的上帝，这么说来，您可能是我的祖父了！一定得庆祝一下！把那些酒都端过来！"她拍着手，大声招呼服务员。

整整一个下午，我们都待在原地没有挪开半步，比着看谁说的故事更荒诞，谁的理论更加含混而确凿，两个人都一本正经表示相信对方的胡扯。我看着太阳在她的身后移动，开始了它缓慢而不可抗拒地下沉，有那么一阵，它甚至像皇冠一样戴在了她的头上——之后它就躲到了山后面，又慷慨地释放出美丽的余晖，好几次我伸出手都以为那第二杯酒是给我的，而我最终还是绝望地自己跟服务生要酒，因为她的习惯是一次喝双份儿，我也每次都点两杯苏格兰威士忌。这地狱般的节奏很快让她开始用一连串的问题轰炸我，不过这些问题，都是干干脆脆由她想听到的话加上一个反问式构成的：

"认识我，您很高兴，不是吗？"

或者：

"我会是一个漂亮的老婆，您不觉得吗？"

还有：

"我想您在自问有没有足够的钱让我当您的女朋友，我没猜错吧？不用担心，亲爱的朋友，为了您，我现在降低门票价格，午夜之前都是打折价，不要错过！"她像市场上的女贩子那样高声叫卖，还扭动着上身，摆弄着她的低胸装。

我就这样来到了人生中的这个时刻，一个决定感情生活的未来时刻。站在滑梯的顶端，我还能找个虚假的重要的理由，从梯子上爬下来，走掉，逃离她。要不，我就可以就势跨上斜道，不再决定什么，不能阻止什么，把命运交给并非自己设计的道路，听凭自己滑下去，坠落到一个充满了柔软的金色流沙的坑中。我能清楚地看到，她不是完完全全拥有理智，她疯狂的绿色眼睛深处藏着隐秘的脆弱，她略微鼓起的脸颊，显得有些孩子气，但掩盖了一段伤痕累累的少年时期。这个看上去风趣快乐、年轻美丽的女人，应该有过一个完全被颠覆被摧毁的过去。我心想，这就是她疯狂地跳舞的缘故吧，为了忘记痛苦，仅此而已。我又傻乎乎地对自己说，我的事业一帆风顺，几乎算是富有了，也还算是个英俊的男人，能轻而易举地找到一个正常的老婆，过上中规中矩的生活——每天晚上饭前喝杯开胃酒，十二点上床睡觉。我又想说，我自己也有点儿疯癫，因此不能跟一个完全疯癫的女人谈恋爱。我们在一起，就会像一个有一条腿的男人和一个没有四肢的女人的结合；我们在一起就只能跛足前行，试探着走向不可能的方向。她懒懒地摇摆着，试图推销一个永远不会停止的旋涡，而我正渐渐软弱。某个时刻，一首爵士乐响起，她把纱巾绕过我的脖子，然后猛地一拉，就这么一下子，我们就脸贴着脸了。我这才意识到，我还在犹豫一个结论早已分明的问题，我已坐上了滑梯，滑向这个美丽的棕发女人，滑向混沌的迷雾，没有警示出现，没有警报拉响。

"自然的力量在召唤我,我满满一肚子的鸡尾酒,在这儿等我,一步也不要动!"她紧张地摆弄着长长的珍珠项链,用请求的语气对我说,生理的紧急情况之下,她的膝盖不停地磕磕碰碰。

"为什么要动呢?我一辈子都没有找到过这么好的地方。"我向她做了保证,再抬起手指让服务生拿酒过来。我看着她以紧促而快活的脚步走向卫生间,这时,头天晚上邻座的女士站到了我的面前,她醉醺醺,怒气冲冲,扭着身体用手指指着我。

"是吧,您认识德古拉?"她吼了起来,周围的客人围拢了过来。

"不是真的认识。"我没料到她会问这个。

"您有自闭症,而且您还是王子?您先是来自匈牙利,然后又是美国,您这个疯子,为什么要骗我们?"她嚷嚷着,而我为了避开她,一点儿一点儿往后退。

"这人有病!"人群中有个男的喊道。

"这些事情也不是不能凑到一块儿的。"被逼到了谎言的死胡同里的我含混不清地说。

反正已经走投无路了,我干脆放声大笑起来。

"这人真的疯了,他还在继续糊弄我们!"我的原告一针见血地指出这一点,并且继续往前逼近。

"我没强迫任何人相信我的故事,你们听着高兴,还相信了。我们一起玩儿,你们输了。"我正危险地靠近游泳池,还挺聪明似的,一手端一杯威士忌。

快要走到游泳池边的时候,我看到我的对手突然离开地面,腾空而起,然后没有在空中做任何的停留,就沉到了充满漂白粉的水里,还溅起了巨大水花。

"恳请你们不要原谅我,我就是很想来这么一下子。这个男人是我的祖父、约瑟芬·贝克的情人、普鲁士骑士,还是我未来的丈夫,他全部都是,而且我相信他!"

一场鸡尾酒会,一段舞蹈,一个头插羽毛的疯狂女人让我疯狂地爱上了他,并邀我分享她的荒唐。

3

在学校，没有哪样事情顺顺利利的，真的一样都没有，尤其是跟我有关的。我说我家里的事儿的时候，老师不相信我，同学们也不信我，于是我只能倒过来撒谎。这样做对大家都好，尤其是对我更好。在学校，我妈妈总叫一个名字，多余小姐并不存在，人渣不是参议员，博让戈先生转起来也跟别的任何一张唱片一样愚蠢。而且跟大家一样，大家的饭点儿也是我的饭点儿，这样说更好，在家里我正着撒谎，在学校里就倒过来说，这对我来说并不容易，但对大家都好。我不光是把话反着说，字也是反的¹。我写的字，照老师的说法，是跟镜子里的一样。尽管我心里很清楚，在镜子里没法写字，老师有时也说谎，不过她就有这个权利，所有的人都会撒点儿小谎，是为了大家好，信誓旦旦，所言确凿。我妈很喜欢我的镜子字体，我放学回家时，她给我听写她想到的各种各样的东西：散文、购物清单，或者是多愁善感的小诗。

"太棒了，把我今天的名字用镜子字体写出来给我看看！"她说，眼睛里充满了欣赏。

然后她把写着字的小纸条放进首饰盒里，因为，这样的字

---

1 指失读症，人群中占一定百分比的人会有此种学习困难症，该症症状之一便是将字母反写。

就跟宝贝一样，跟金子一样值钱。

为了让我写出方向正确的字，老师把我送到了另外一位女士那儿。她不碰字母就能把它们竖起来，没有工具也能把它们修理成正确的样子。这之后，很对不住妈妈，我的毛病基本上给治好了。说基本上，是因为除此之外我还是左撇子，而这一点，老师就无能为力了，她说我天生命运多舛，还说，在我出生以前的年代，为了纠正这种毛病，人们会把小孩儿的左手捆起来，只可惜现在不能这样做了。她有时撒这样的谎，我还觉得挺好玩儿、挺好笑的。老师的头发烫过，是沙子的颜色，就好像她的脑袋上正刮着一场沙漠风暴，我觉得挺漂亮。她的袖子里有个包，我一开始还以为是什么病，不过有那么一天，天气不好，她感冒了，我看着她拿出袖子里的那个包，把鼻涕擤在里面。好恶心。妈妈跟沙漠风暴一点儿也合不来，写字这事儿就不说了，还因为在我父母决定去天堂的时候，她从来都不愿意放我走，她更喜欢我们等到大家都放假了才出发。她说，由于我写字的毛病、我已经比别的孩子晚了许多，要是我再这么老缺课，该错过好些火车车厢了。

这时我妈对她说：

"那边的杏花正开着呢，您不会让我的儿子错过杏花吧！您这样会影响他的审美水平的！"

明显的，老师既不喜欢杏，也不喜欢花儿，更不在乎我的审美水平。而我们不顾她的意见，仍旧出发，这让她陷入一种可怕的激动状态，有时我回来了，她的火气都还没有散尽，既然是这样，我觉得还是走了的好。

　　我实在不知道该怎么办才能跟老师言和。于是有一天，为了让她原谅我写字的毛病、那些杏花儿，还有随时出发去天堂的假期，我决定给她帮忙。上课的时候，一旦她转过背去，面朝黑板，教室里就会发生不少的事情，可她背上又没有长眼睛，我决定当她背上的眼睛。我告发一切。不管是谁，不管是什么时候，扔碎纸球的、聊天的、作弊的、玩胶水的、做鬼脸的，等等。第一次的时候，场面太令人激动了！真的没有人料到会出现这种情况，所有的人都吃惊地安静了，老师放学时把扔纸球的人留了下来，完完全全忘了跟我说谢谢。后来的几次，她看起来真的挺生气，于是拿手去摸又是风又是沙的头发，表示她不知如何是好。终于有一天，她把我留了下来，一来就用很高的声音说不知道我要是到三九[1]时该是什么样。我呢，低头看着鞋说，这种情况根本就不可能发生，因为我的鞋是三三的，到三九时，我就应该上更高的一个年级，甚至上中学了。老师生气时居然会问卖鞋的人的问题，看来她不光是脑袋上刮着风暴，脑袋里面也是飞沙走石。后来她说我不要给她帮忙了，因为没有这么帮的，她不想要背上长眼睛，这是她自己的选择，她完全拥有这个选择的权利。刚说完，她就从袖子里取出那个包擤鼻涕。于是我问她那是不是同一张手绢。作为回答，她把鼻涕紧紧攥在手中，尖叫着喊我离开教室。走到走

---

[1] 指"二战"时法国被德军占领期间广泛存在的、针对犹太人和抵抗人员的告密行为。

廊上的时候,我总结了一下,从这位老师身上,除了鼻涕实在没什么好汲取的。但我把背后的眼睛这件事讲给我妈听的时候,她还以为这是我想象出来的一天,于是赞叹道:

"告密?太有创意了!完完美美的完美,我的孩子,没有你地球就不转了!"

正着撒谎倒着撒谎,有时我真不知道该怎么办了。

学完写字,我们又学了认钟,唉,这事儿可真是倒霉透了。我爸爸的表上有数字,晚上会亮起来,那上面的时间我已经会认了,而那个有指针的钟,白天晚上都不亮,我可实在认不出来。大概是光线的原因吧,我对自己说。读不出来是一个问题,在全班同学面前读不出来更是一个大问题。连着好几个星期,所有散发着化学臭味的油印习题上,都画着钟。这段时间里,一节节火车车厢开过了,老师评论说:"要是你学不会认钟,你连整列火车都要错过了。"她当着全班同学的面这么说,让大家笑话我。

她要召见我妈妈,来讨论我的交通问题——她完全忘了说鞋码的事儿。而妈妈,自己都有时间问题,她生气了,反驳道:

"我儿子已经会认他父亲手表上的时间了,这就够了,拖拉机发明了之后,还有谁见过有农民学用马犁地的?"

这个回答的思路是对的,但对老师来说,导向是完全错误的,她吼着说我们一家都不正常,她从来没见过这样的,从此以后，她就让我待在教室后面，爱干吗干吗，再也不管我了。

就在这天中午，放学铃声响过，纸上还未被识别的时钟滴答作响，我们的儿子把目光转向了窗外，这时，他惊讶地看到：另一种生活的小火车喷出烟雾滚滚，充满了风雨操场，然后飞快地消失在了视野中，他长长地舒了一口气。

自从让我退了学，我父母经常对我说，他们给我提前退了休。

"你肯定是世界上最年轻的退休人员！"爸爸说，脸上带着大人，至少是我父母有时会有的孩子般的笑容。

有我时刻在身边，他们看起来很开心，我也不再忧虑那些一个个跑掉的车厢、一列列错过的火车，一点儿也不遗憾离开我的班级和有着恶劣天气发型以及袖子生了假肿瘤的老师。而我的父母为了教我知识，想出来无数的点子。比如数学，他们给我戴上手镯、项链、戒指，让我数了做加法；然后，又摘掉首饰，脱到只剩内裤做减法。他们管这叫做脱衣算数，真是太扭曲了。至于应用题，爸爸说要我做仿真的习题，他把浴缸装满水，然后要我整瓶整瓶或者半瓶半瓶地往外倒出指定的体积，同时向我提出不计其数的技术问题。我要是回答错了，他就把瓶子里的水倒在我的头上，这些数学课经常是一个巨大的水上节日。他们还编了一系列的动词变位歌，加上手势表示不同的人称，我呢，掰着手指头学习，还满心欢喜地跳着复合过去时舞。晚上，我给他们念白天编出来并且铺到了纸上的故事，或者给经典的老故事做个总结。

我从学校提前退休的好处，就是可以不用等大家都放假，就出发去西班牙。有时我们心情急切得就好像想要尿尿一样，只是准备的时间要长一点儿。早上，爸爸说：

"昂丽耶特，准备行李吧，我想要晚上在湖边喝开胃酒！"

于是我们开始把无数的东西往行李箱里扔，各种物件到处乱飞。爸爸喊起来：

"波琳娜，我的帆布鞋呢？"

妈妈回答：

"垃圾箱里，乔治，它们在那里头才更配你！"

妈妈又喊过去：

"乔治，别忘了你那些蠢事儿，我们随时都需要的！"

爸爸回答：

"别担心，奥尔当丝，我总有备用的在身上！"

我们经常忘记带东西，但并不影响我们动不动就一边笑得颠三倒四，一边三下五除二地收拾行李。

那边真的很不一样，那边的山也是颠三倒四的：山顶上是冬天的白；下面干燥的土地和岩石上，是秋天的红色和褐色；往下的梯田是春天的水果树的颜色；而山谷里的湖边，却笼罩着夏天的热气和味道。爸爸说，这样的山能让我在一天内飞快地跑过四个季节，反正我们只要高兴去就去。于是我们高兴地去看杏花开，去看橘子花落。其余的时间，我们绕着湖散步，不抹油躺在浴巾上晒太阳，举办大型烧烤，招待客人和我父母一起喝开胃酒，早上用鸡尾酒里剩下的水果做沙拉，满到大碗都盛不下。客人们都说这简直是个不散的宴席，爸爸回答说，生活像这样挺好。

在议会放长假的时候，人渣就来看我们。他说参议员跟小孩子一样，需要多休息，为了表示真的在度假，他戴上一个漂亮的草帽，整天光着膀子。他松软的肚皮尺寸惊人，上面还有好多毛，他半天半天地坐在露台上看风景、吃东西、喝果汁。到了晚上，他就大声地喊他女朋友的名字：卡伊布罗斯加……啊……啊……啊……整个山谷跟着回应。他表示，等他能够在肚皮上放上整套盘子和刀叉，他的人生就圆满了。为了达到这一目标，他坚持不懈地吃喝不停。刚到的时候，因为太阳的缘故，他变得比平时红得多，爸爸说"红得不可理喻"，在我看来，这是一种浓度很高的颜色，色卡上都找不出来更红的。然而随着议会假期一天天过去，参议员朋友会完全变成棕色。他打盹儿的时候，我喜欢看着他流汗的肚皮，那上面总是有潺潺的微型小溪流淌在汗毛之间，最后注入到肚脐眼儿里。我和人渣还很开心地玩着开胃菜游戏，这是他专门为我发明的，我们面对面坐着，两人张大嘴巴，然后要把鳀鱼橄榄或者盐焗杏仁扔到对方嘴巴里。一定得瞄准了，因为鳀鱼扔到眼睛里会扎的，盐也是。我们每回都玩儿很久，直到搞得口水遍地。

爸爸写东西的时候，人渣就陪着我和妈妈去爬山。一开头总是同样的情形，他远远地走在前面，说是在军队的回忆让他对山路习以为常；而回忆开始远离他的时候，我们就能赶上他；到回忆完全消失，他全身大汗淋漓的时候，我们就把他甩到后面了。我们找块石头让他晾着，我和妈妈则去吃野芦笋、仙人掌果，采百里香、迷迭香、松仁，下山的时候再去找已经完全晾干的人渣。他有时也挺严肃的，比如给我的未来生活做建议的时候，有一条建议让我印象很深，因为充满了正面意义，为了强调其逻辑和重要性，他这么说：

"我的小家伙，生活里，必须不惜一切代价地避开两种人：素食主义者和职业自行车手。首先，那些拒绝吃牛排骨肉的，上辈子肯定是食人族。然后那些职业自行车手，带着个塞屁股的栓剂一样的帽子，穿着粗俗的荧光紧身裤，让人看得见他们的×，还骑车爬山坡，这样的人，肯定脑子不正常。要是哪天你碰上一个吃素的自行车手，给你一个建议：用尽全力推开他争取时间，然后快跑，跑得越远越好。"

我郑重地感谢了他的哲学性建议：

"最危险的敌人往往是我们不猜疑的人！"我感激地说。他这话可能救了我一命呢，就凭这，就得说他的话充满了正面意义。

为了庆祝妈妈的生日，爸爸和人渣一早划船去了湖上准备焰火。我和妈妈去市场买酒、火腿、海鲜饭、整个的乌贼——跟手镯一样圆的乌贼，蜡烛、冰激凌蛋糕，然后还有酒。回来之后，妈妈让我给她讲奇异的故事，她好一边听故事一边挑选生日晚会合适的衣服。她每次都要花上好长时间，穿上衣服，征求我的意见。我的意见总是正面的，然后她又去问镜子觉得怎么样。作出最后裁决的总是镜子，因为她说：

"镜子更客观，总是不带感情色彩地做出真正的、有时很残酷的判断。"

然后她又开始换衣服，穿着内衣跳舞，觉得这是完完全全的完美，但又不完全是。然后再来一遍，让衣服在她周围旋转，把同样的衣服又用不同的顺序穿一遍。湖上传来一阵阵准备工作的声响，笑声、尖叫，有时是喊声：

"别这样，人——渣——"爸爸的回音说。

"船要翻了！"人渣的回音回答道。

"别扭了！"爸爸在请求。

"干杯！"两个人一起喊起来。

魔法一般，妈妈在客人们到来之前找到合适的衣服，每次都这样，好像奇迹出现。抹上口红，刷一遍长长的睫毛，然后自然优雅地迎接客人，就好像她从早上醒来就是这个样子。她完美的身姿也是一个谎言，但是个多么美好的谎言。太阳正在落山，露台上的桌子铺着白布，人们一边喝酒，一边互相称赞他们被太阳晒过的肤色、他们的衣着、他们的老婆，还有这并不是他们带来的，但不可思议的好天气。多余小姐，带着为她量身定做的硬币项链，大模大样地在宾客之间穿梭，毫不迟疑地叼起桌上的墨鱼干，把橄榄油溅到离她太近的裤子上。然后，等到最后一丬太阳消失在大山背时，空气当中，伴着妮娜·西蒙柔和温暖的声音和她的钢琴，博让戈先生开始回响。这场景真的很美，所有人都安静下来看妈妈静静地流泪。我一只手拉着她的手，一只手擦去她的眼泪。常常，是在她的眼里，我看到在哨声中升起的第一簇焰火。头几发焰火的颜色在空中扩散开，在湖中投下缤纷的倒影，这些泰国火花让所有人看得目瞪口呆。然后渐渐地，有掌声响起，一开始还有些含蓄，像是怕惊扰了什么；再然后，热烈的掌声，就和多彩的噼里啪啦声响成一片，有时沉闷、有时爆响、有时尖细、有时零落下来，不久却又更欢快地响起。最后的一炮，飞得最高、最远，声音最大，当它闪亮的火花缓缓坠入铺满星光的湖面时，妈妈轻轻地对我说：

"他跳得真高，他跳得真高，然后他轻轻降落。"

然后我们开始跳舞。

4

"别跟我说您又要去上班！再这么下去您会累死的，我可怜的朋友，今天是星期几啊？"她哼哼着，然后扔下自己的枕头翻过来抱着我。

"星期三，欧也妮，今天是星期三，我每个星期三都得上班，而且跟平常一样。"我像每天早上一样这般回答，心甘情愿地让她用温暖柔和的身体贴着我。

"哦，对了，您是每周三都要上班，但是告诉我，这些破事儿，不会一辈子都这样吧？"

"恐怕会的，您可能不了解，但这是很多人糊口的手段。"我一边说，一边试着用手指头推平她因为抱怨而皱紧的眉头。

"那您倒是跟我说说，楼下的小邻居，怎么星期三不用出门？"她爬到我身上，用疑惑的眼睛死死地盯住我。

"因为他还是个孩子啊，亲爱的朋友，孩子们星期三是不上学的！"

"我真该嫁给一个孩子，而不是我的祖父，我的生活——至少星期三——就会有意思多了。"她感叹着，懒懒地翻身滚到旁边。

"那倒可能是，不过这样很不好，非常不好，而且于理于法都是不容的。"

"是，可是至少孩子们星期三还能玩儿，我呢，我只能等着您，好无聊！还有为什么二楼的那位先生从来都不去上班？每天中午买东西回来时，我都看见他出来扔垃圾。他下楼扔垃圾，眼睛里都是眼屎，头发也乱七八糟，他老是穿着运动衣，但他肯定不做什么运动，因为他跟猪一样又圆又胖，别跟我说他也是个孩子，否则我只能认为您把我当白痴哄了！"

"二楼的先生不是孩子，他只是在失业，而且我猜他也希望能星期三工作。"

"这就是我的命不好了，把自己交给唯一一个星期三上班的窝囊废。"她用手捂住眼睛，好掩盖这个可怕的事实。

"要是您想做点儿什么，我倒是有个办法。"

"我就知道您有什么坏主意，您是想让我上班。我都说过了，我试过一次，我还记得那是个星期四的早上。"

"是，我也记得清清楚楚，您去一个花店上班，结果您拒绝让顾客付钱，就被人给辞退了。"

"可是这究竟是什么鬼世道？花是美丽的、免费的，只要弯弯腰就能采到，不是拿来卖的。鲜花就是生命，连我都知道，生命不能买卖。再说了，我不是被人辞退了的，我是自己走的，自己做的决定，我拒绝参与这种大家都支持的诈骗行为。我是趁着午休的时候走的，还带走了这世界上有史以来最大最美的一束花。"

"能把您的价值观和小偷的行为完美地结合在一起，也真算是您的才华，以前有森林里的罗宾汉，我是娶了花店里的罗宾娜！我的意思是说，要是不愿意工作，您至少可以帮那位邻居找个工作，我们的通讯录上满满的都是重要的人，事成之后，我至少不再是楼里唯一一个星期三上班的窝囊废了。"

"哎，这可真是个好主意，我要组织一个午餐会——求职午宴，不过我得先带他去买套西装和鞋子，穿着满是破洞的运动服和塑料拖鞋，是没法儿体面地找到工作的。"她说得有声有色，像在蹦床上一样跳了起来，小山羊一样跳，拍手，自我陶醉，欣喜异常。这个结局也真是最好的。

自从我们可算是火爆的相遇以来，她总是以一种迷人的方式装作不了解生活的真相，而我至少装作相信她是故意的，因为她看起来如此自然。游泳池事件后，我们逃离了酒店，身后是我们的玩笑、愤慨的人群，还有一只正在淹死的可怜的母老虎。我们开了一晚上的车，疯狂地笑着，噗噜噗噜或者咕噜咕噜地唱着爵士歌。

"开得再快点儿，不然您撒的谎要追上我们了！"她喊着站起来，在敞篷车里举起双臂。

"不行，速度已经最高，指针已经转到最低了，再这么下去，我们就要撞上自己的疯狂啦！"

在阿尔卑耶山中，巴拉杜村的入口，车开始可悲地发出颤抖的声音，好像在乞求我们的同情。再后来，在一座有着老旧的红门和生锈的栏杆的小教堂门口，它干脆彻底地歇菜了。

"我们赶紧去结婚吧，不然该忘了。"她一边说，一边翻过大门，动作笨拙，却有些令人感动的骄傲。

我们结了婚，没有证人，没有牧师，说了一千句想象出来的祷词。在祭台前，我们像在美国黑人的婚礼上那样，一边拍着手一边唱歌，在台阶下，我们跳了一支舞，汽车的广播传出了一支妮娜·西蒙的美丽的歌。这首歌还在回响，时时刻刻、日日夜夜。

她奇异的举止充满了我的生活，藏在每一个角落，占去了时钟的整个桌面，吞掉了每一段时间。这种疯狂，我张开双臂迎接了它，然后将其抱紧，让自己浸淫于其中，我唯独担心，这样甜蜜的疯狂不能长久。对她来说，真实并不存在，我是遇见了一个穿着靴子和短裙的堂·吉诃德。每天早上，刚刚睁开浮肿的眼睛，她便跳上老马，有力地踢着它的双肋，好快步出发去挑战她每天的遥远的磨坊。她成功地为我的生活赋予了意义，将它变成了无休止的杂乱一团，她的轨迹清清楚楚，有成千的方向、上万的前景，我的角色便是保证有序的后勤，让她有足够的条件实现其荒唐，而不用担心周围的一切。在非洲的一条小径边，我们发现了一只受伤的鹤，她想要把它留在身边照顾，我们不得不多停留了十来天，大鸟的伤好了之后，她又想把它带回巴黎，却不理解我们需要获得种种证明，盖满公章，涂满签名，填上能堆成山的表格才能穿过边境。

"这都是哪来的破事儿？别跟我说这只鸟每次飞过边境都得填表，得跟这些工作人员纠缠，连鸟的生活也是场苦难。"她愤怒地大声嚷嚷着，抄过动物检疫处的公章，在办公桌上敲得砰砰响。

另外一次，晚餐时，一位客人什么也没问，就好心地向她解释说，"西班牙的城堡"这句话是"空想"的同义词，绿色的眼睛里带着挑战的神气，她跟这位客人约定，一年后在一座西班牙的城堡里喝开胃酒。

"一年，一天不多，一天不少，我们要在我的西班牙城堡里喝香槟，我可以跟您保证，这瓶酒您买定了！"

为了让她打赢这个赌，我们连着无数个周末飞往西班牙的地中海海岸，最后终于找到了一处宽大的、带着一个有齿状矮墙的小塔楼的房子，邻村的居民随口把它叫做 el castel[1]。跟她在一起的生活，需要心无旁骛地投入，等到我终于给了她每天早上都要求要有的孩子的时候，我就知道，早晚有一天，我得把那些修车厂脱手，全部都贱价卖掉，以便全身心地担负起我的责任。我清楚，她的疯狂有一天可能会脱离轨道——虽然不一定会是这样——但有了孩子，我的义务便是做好准备，牵涉到的不再是我一个人的命运，一个小孩也被扯了进来，倒计时可能已经开始了。既然有这"可能"，我们每天跳舞，每天欢庆。

---

1 西班牙语城堡之意。

5

　　妈妈的变化,是在她的某个生日后一段时间开始的。"肉眼几乎是看不出来的,但她的周围有空气或者情绪在变化,我们什么都没看见,只是感觉到了。她的身上,有些微不足道的东西的节奏有了变化:手势,睫毛的颤动,拍手的声音。一开始,实事求是地说,我们什么都没看到,只是感觉到了。我们心想,她只是个性越来越独特,又上了一个新的台阶,然后她更爱生气了,生气的时间也更长,但没有什么值得警惕的。再说,她还是经常跳舞,的确跳得更有激情更放纵,但也没什么值得担心的。她喝鸡尾酒喝得更多一点儿,有时起床时也喝,但几点喝,喝多少,也跟以前差不多,没什么跟以前迥然不同。于是我们继续像以前一样生活,像以前一样宴请宾客,像以前一样去天堂度假。"我爸爸是这样描述事情的开端的。

　　揭示我妈妈新性格的是门铃声的响起,准确地说是按门铃的人。脸颊深陷、带着常年办公室工作才能造成的脸色,连衣服都透着责任感的税务检察官,向我父母解释说,他们已经很久都没有交税了,时间如此之长,他的脑袋都记不下那么多的数字,所以才在胳膊下面夹着一大沓的文件。我爸听了,笑着给烟斗填上烟丝,然后从门口放着骑士画像的柜子里取出支票簿。然而，当来人报出金额时，爸爸的烟斗掉到了地上，当他说出滞纳金的数目时，烟灰也洒了出来。滞纳金的数额已经骇人听闻，总额更是颠覆性的，对税务员的身体来说也是颠覆性的，因为妈妈开始愤怒地推搡着他，后者第一次倒在了地上。爸爸试着安抚妈妈，然后有力地抓住袖子把税务先生拉起来，干巴巴地道了歉，但并不泄气。而税务先生激动不已，结结巴巴地说道：

"现在就得交！交、交、交税，对社会是很、很、很好的！你们、你们、你们开车遇到转盘时，不是挺开心的吗？你们，你们，占着便宜，不、不、不知羞耻！"

对此，妈妈以从未用过的凶恶的声音向他吼道：

"没教养的，您还敢骂我们！我们，先生，我们从不用转盘！我们不是这样的人。人行道还差不多，转盘我们从来不用！要说交税好，您去交啊！您去把我们的交了！"

爸爸试着重新点燃烟斗，同时用有些复杂的眼光注视着妈妈，她拿起了门边的雨伞，打开，用它来把税吏赶出公寓，推到楼道里。税务先生喊道：

"为了这种态度，你们也要付出代价，你们到时候吃不了兜着走，你们的生活会变得像地狱一样！"

于是妈妈像拿着盾牌一样用雨伞把税务使者赶下楼梯，后者则一边激烈地说着什么，一边试着扶住栏杆。摔倒，又扶上栏杆，滑倒，又重新站起，妈妈严峻地考验了对方的使命感。有那么一瞬间，我甚至在他充了血的固执目光中看到了他长长的职业生涯一闪而过。等到爸爸终于抱住了妈妈、让她住手时,她已经把税务先生赶下了好几层楼。他又两次通过门禁对讲电话进行了威胁才离开去别处,去别人的地方找修马路转盘的钱。三个人哈哈大笑了很久之后,爸爸问道:

"不过奥尔当丝,您这是怎么了?怎么变成了这个样子?现在我们有大麻烦了!"

"我们已经有麻烦了,我可怜的乔治!是的,因为您现在变穷了,乔治。我们全部都一穷二白了!这是多么地平庸、俗气、让人伤心……咱得把房子卖了,你还问我怎么了?看看,乔治,他们把我们的什么都拿走了,他们会把什么都拿走,什么都拿,我们一分钱也没有了……"妈妈这样回答,然后焦躁地看着四周,以确定房子是不是还在原处。

"不是的,奥尔当丝,我们还没有都失去,我能找到一个解决办法。至少从此以后得把信拆开看看了,终归是有用的!"爸爸叹道,眼睛望着那堆信,声音里似乎带着点儿行政性的遗憾。

"奥尔当丝不会拆,今天不会拆!我连名字都被偷走了,我连名字都没有了……"她哭着跌坐在了信山上。

"卖房子的钱还债足够了,我们还有西班牙的城堡呢,又不是进了苦役监狱,然后,我可以重新开始工作……"

"绝对不行,只要我还活着,您就永远不能上班!您听见没有?永远不能!"她歇斯底里地喊着,双手狂乱地搅动着信件,就好像一个伤心绝望的婴儿坐在澡盆里搅水,"我不能一天到晚地等着您，没有您我活不下去，您就得陪着我们……一秒钟都不能离开，更别说一整天！再说没有您，别的人是怎么活的我真是不知道……"她轻轻说着，声音被哭泣截成了碎片，几个音节之间，疯狂的愤怒变成了沉重的忧伤。

晚上，回到房间看着那两张我必须放弃的床，我自问为什么参议员没有让我提防税务人员，万一要是他还吃素，还骑自行车呢？我想都不敢想。也许我们还没碰上最坏的情况，我有些心惊胆战地总结，然后用飞镖穿透了弗朗索瓦·克劳德，精确到毫米，但没有丝毫的快乐。

靠着上诉和人渣的帮助，我们赢得了一些时间，没有立即出售公寓并且搬家。经过这次税务打击之后，妈妈的举止又变得跟原来一样了，至少是差不多吧。有时正吃着晚饭，她开始不停疯笑起来，笑倒在桌子底下蜷成一团，拍着地板。随着宾客和话题的不同，有时一桌人也跟着她笑起来，有时什么都不说，不笑，也不明白发生了什么事。这时，爸爸就会把她扶起来，在她耳边喃喃地说些安慰的话，轻柔地擦拭她放肆地化开的妆容。他把她带回房间里，需要待多久就待多久，有时真的很久，客人们怕打扰，自己就离开了。她的狂笑很奇异，也透着不幸。

面对妈妈的新状态这个问题，就是像爸爸说的，不知道该用哪只脚跳舞。在这个领域，我们可以对他的话坚信不疑，因为他是专家。一个又一个星期过去，她都没有那样悲伤地狂笑,没有发火,时间长得让人忘了她迷乱的时刻、失常的举止。这样的时期里,她似乎比以前更可爱,甚至比以前更出色,这可不是轻而易举就能做到的,但她却游刃有余。

妈妈新状态的问题是,它没有日子,没有固定的时间,不跟人约好,然后就来了,像个粗鲁的访客。它耐心地等着,等我们都忘了,重新开始以前那样的生活,它就出现了。不敲门、不按门铃,早晨、傍晚、晚饭时,淋雨之后、散步途中,这时候我们从不知道该做什么该怎么做。照理说,一段时间之后,我们也该习惯了,事故之后都有急救手册,能救人的,而我们这里却什么都没有。于是,每一回,我和爸爸对视着,就好像这是第一次发生,总之头几秒钟会是这样,然后我们就会想起来,我们巡视四周,试图找出问题可能的出处。它不是从什么地方来的,这就是问题所在。

我们也是,我们也有过很多悲伤的狂笑。一次晚餐,有位客人每次要肯定什么说法的时候都会说:"我用我的内裤打赌。"就这样,我们看着妈妈站起来,提起短裙,脱下内裤扔到了打赌人的脸上,正中鼻梁。内裤飞起来,飞过桌子上空,着陆到他的鼻子上。事情就是这么发生的,在晚餐中途。一阵短暂的寂静后,一位太太喊了起来:"她失去理智了!"妈妈一口喝掉杯中的酒,回答道:"没有,太太。我没有失去理智,我顶多是失去了内裤。"是人渣拯救了这场灾难。他大声地笑了起来,所有人也都跟着笑了起来,一个戏剧性的开端变成了一个普通的、关于会飞的内裤的小故事。肯定的,要是人渣没有笑,没有人会笑。跟别人一样,爸爸笑得流出了眼泪,只是捂住了脸。

另外一次,一天早晨,我的早餐时间,爸妈还没有入睡,几个舞者还在客厅里横冲直撞,发出奇怪的声响。人渣在厨房的桌上睡着了,鼻子拄在雪茄上,雪茄揉弯在烟灰缸里。多余小姐正巡视着各个寝室,叫醒那些晚会的逃兵。这时,我看见妈妈光着身子走出浴室,穿上高跟鞋,只有香烟的烟雾时不时不均匀地遮盖住她的脸,她一边在门口柜子上找钥匙,一边很自然地对我爸说她去给客人们买牡蛎和冰镇甜酒。

"可是穿暖和点儿啊,埃尔莎,您会着凉的。"他对她说,微笑中有一丝忧虑。"说得太对了,乔治,没有你我可怎么办!我爱您,您知道吗?"她回答说,然后抓起衣帽架上一只有护耳的绒帽。动作自然。

短短的一瞬,门被风刮上,发出巨大的声响,她消失在门后。我和爸爸在阳台上看着她抬着征服者的下巴,无视行人的目光,踏着皇后的步伐行走在人行道上。随手轻弹、扔掉烟头,在海鲜店门口的地垫上擦擦鞋,然后走了进去。她在店里的时候,爸爸轻轻地回答她刚才的问话,眼光模糊:

"我当然知道您爱我,可是这疯狂的爱,我拿它怎么办?我拿它怎么办?"

然后妈妈似乎听见了他的回答,从店里出来时,冲着我们微笑,一只胳膊搂着一大盘牡蛎,另一只胳膊把两瓶酒夹在胸下，爸爸叹了一口气。

"太美了……我不能放弃……绝对不能……这种疯狂我也有。"

有时，她用令人惊奇的热情投入到某些疯狂的计划中。等到热情消散，计划落空，只有惊奇还留下来。她开始写小说的时候，订购了成箱的铅笔、纸张，一套百科全书，一张大书桌，一盏台灯。为了寻找灵感，她把书桌轮流摆放在每一扇窗下，为了集中注意力，又摆到一堵墙跟前。然而一旦坐下来，灵感未曾浮现，注意力也不能集中，她就生起气来，把纸扔到空中，折断铅笔，拍打书桌，关掉台灯。一吨的纸上，一个句子都还没涂写下来，她的小说就已经结了尾。后来，为了让公寓卖出更好的价钱，她又准备重新粉刷墙壁。她源源不断地买来油漆、毛刷、滚筒、有毒的化学制剂、人字梯、胶带，还有成卷的塑料布来遮盖保护木地板、家具和踢脚线。她把整个屋子都遮上塑料布，在所有墙上，一刷一刷挨个儿试过所有的颜色。然后她放弃了，说涂也没有用，反正都没有了，刷不刷都会被卖掉。好几个星期里，整个家看起来像一个巨大的食品冷柜，里面的东西像冰冷的真空包装的食品。每一次，爸爸试着跟她讲道理，但她如此自然地看着他，不关注问题所在。他也只能泄下气来，看着妻子带着轻率的计划走远。问题是她正完全失去头脑，当然可见的部分仍然在肩膀上，而其余的，则不知道去了哪里，我爸的声音，已经没有足够的镇静作用了。

一个平常得不能再平常的下午，我们的生活随烟而去，深灰色的、饱含化学物质的烟。我和爸爸去买东西了。一些无关紧要的东西，酒、日用品、面包，一些简单的居家物品。他坚持要去一趟妈妈最喜欢的花店。

"玛德莲娜很喜欢她们的插花，远是远了点儿，但为了让她高兴高兴，绕绕路也值。"

这一绕却花了太长的时间。交通堵塞，花店里为数众多的挑剔的顾客，我们细心地选择，和谐的组合，再一次的交通堵塞，找停车位。然而，我们的街道上，一片烟云。从我们五楼的客厅窗户，伴着有毒的火焰，一股灰色的浓烟冒了出来。巨大的云梯上，两个消防员正试着浇灭这烟和火。要接近救护车和狂响的警笛，我们必须穿过厚厚的、好奇的人群。观望者们被我们的叫喊和胳膊肘打扰显得非常不耐烦。

我试着推开一个老头往前走，他用胳膊挡住我，干巴巴地说："安静！别急，小孩儿，反正已经太晚了，没什么可看的了。"

最后他叫喊着让我过去了，好解脱在我两排牙齿间他的拇指。

"噢，多漂亮的花！你们太可爱了！"妈妈叫起来。她躺在一个担架上，身上盖着金色的纸被子，她的脸上黑一道灰一道，还有白色的粉末，但她看起来并不焦虑。

"都搞定了，我亲爱的你们，我把我们的回忆都烧掉了。至少，他们不能没收这个。哎呀天哪，那里头好热。不过没关系，现在没事儿了。"她一边说一边摆出一个莫名的舞蹈手势，很高兴自己的样子。

她的肩膀露在外面，粘着烧焦的塑料化成的球。

"现在没事了，现在没事了。"爸爸不停地说，却真的不知道能做什么，只是擦干净她的额头，用疑问的眼光看着她，没有问什么，也没有叫她什么名字。

我也不知道该说什么，于是什么也不说，只是满足于安静而亲切地轻轻啄着她炭黑色的手。

消防队长跟我们解释说，她把堆成山的信和家里所有的照片都聚集到了客厅里，点着火。由于地面到天花板到处都贴着塑料布，客厅马上变成了一口大锅。他们找到她时，她很安静，站在进门处的一角，手里抱着一台唱机和一只完全被吓坏的大鸟，她被着火的纸堆烧伤了一点，但问题不大，只有客厅着了火，别的地方没事，总之队长跟我们解释说，一切都还算好。尽管这个结论还需要证明。

没有任何人给我们带来一切都还算好的证明，包括长时间审问妈妈的警察们也没有。面对她镇定的态度和令人惊异的言论，他们不知如何是好。

"我毁掉的只是我想要留给自己的东西，要是没有这些愚蠢的塑料布，什么事儿都不会有！"

"没有，我对邻居没有任何意见，要是我真想杀了他们，那我就该去点着他们的房子，而不是我的。"

"挺好，我觉得自己挺好，谢谢，这猴戏快完了吧？烧了几张纸还能整出这么多事儿来！"

看着她平静地微笑着回答问题，爸爸抓住了我的手，好让我不放弃他。他的目光熄灭了，消防员们在浇灭所有火苗、浇湿一切物品的时候也熄灭了他眼里的火苗。他越来越像门口画儿上的普鲁士骑士。他的脸还年轻，但有些轻微的裂纹，他的服饰也还很漂亮，但已经过时。人们可以看着他，但什么也不能询问，他看起来像来自另外一个时代，他的那个时代已经结束，刚刚谢幕。

医院也没有给我们带来一切都还算好的证明，只有妈妈觉得一切都好得不能再好。

"为什么要来这里？这栋楼让人看一眼就觉得沮丧得不得了！今天下午本来可以跳舞的！客厅不行了，我们还可以在饭厅里腾出地方来！把《博让戈先生》放起来！唱片没有坏！天气这么好，你们没有什么别的点子，去别的地方散散步？"

"你们可真没劲儿！"她抱怨着，终于决定陪着我们一起去。

到了那地方，冲着一脸忧虑的医生的脸，她说：

"唉，可怜见的，真不知道我俩之间是谁状态更好，不过您今天下午要是有空的话，我真想建议您去看看病。您会说，成天跟精神病们打交道，总会耳濡目染的，就连您的褂子，看起来都病恹恹的。"

这话逗笑了我爸,但对医生毫无作用。他歪着头看着妈妈,要求单独跟她待在一起。谈话进行了三个小时,这段时间里,我爸的烟斗不停地冒烟,我们不停地在这栋令人沮丧的大楼前踱步。他对我说:

"你等着瞧吧,这场噩梦就快结束了,所有问题都会解决,她会找回理智,我们能找回原来的生活。她还是那么幽默,一个这么有趣的人,不可能就这么全完了!"

他不停地重复这些话,最后我信了,他自己也信了。于是当医生要求跟他单独谈话时,他向我丢了一个眼色才离开,一个表示噩梦就快结束的眼色。

但看起来医生并不赞成这个观点,我爸从办公室出来的时候,看着他的脸,我马上就明白了,那个眼色是一个非蓄意的谎言。

"他们会把你妈妈留下来观察一段时间。这样更简单。这样的话,她出来的时候就该全好了。再过几天就都好了,这样我们有时间整理好客厅等她回来。油漆的颜色你说了算,等着瞧吧,有够我们乐的。"他非常肯定地说,而他忧伤温柔的眼睛却说着完全相反的话。

为了对我好,我爸爸也能倒过来撒谎。

6

医生跟我们解释说必须保护妈妈不伤害自己,这样才能保护他人。爸爸跟我说只有那些医人脑袋的大夫才能说出这样的话。妈妈被安排在了医院的第三层,这一层里住的都是头脑搬迁者。对绝大部分人来说,搬迁正在进行,神志正一点点离开,于是他们安心地吃着药片,等待清除工作的结束。走廊里有好些外表看起来丰满正常的人,可是他们的里面差不多都空了。第三层其实是一个巨大的等待区域,这里的人都等着上到第四层,那是没头脑者的地方。这一层的病人有意思得多,他们的搬迁工作都已完成,药片儿把他们脑袋里所有的东西都清除掉了,只留下了癫狂和清风。爸爸有时想要单独跟妈妈待着,和她跳充满感情的慢步舞,或者做些跟小孩子无关的事情,这时候我就很喜欢到楼上溜达。

上面有我的荷兰朋友斯文,他的每一句话里都夹杂着十来种语言,他长得不错,但有颗奇怪的牙齿突了出来,这使他讲话时唾沫四溅,同时这颗牙也总是摇摇欲坠的样子。斯文在以前的生活里曾经是个工程师。所以,他有一个小学生的作业本,上面记录着成吨的统计数据。他对很多的重要的事情都相当有热情,比如说好些年来,他都把马球结果记录在册,随便问他什么，他翻翻作业本，然后就能在某张纸的角落，找到潦草记录下来的比赛结果，真是太神奇了。他对教皇们也很感兴趣，能说出每任教皇的国籍、出生日期、任期起始……斯文真是一个知识的源泉，他的脑袋里还有一间满满当当的房间，药片们在搬东西时给漏掉了。但是斯文最最喜欢的一样东西是法语歌曲。四处游荡时，他的腰带上总是别着个随身听，脖子上绕着耳机线，看起来像个真正的投币唱机。他唱歌的时候我就离远点，因为担心那颗牙会飞出来，把唾沫喷到我脸上。他唱歌唱得挺好，声音很大，充满感情，口水也会随着感情流出来。有一回，他唱了一支克劳德·弗朗索瓦的歌，是关于榔头的故事，我这才明白爸爸为什么要把他做成飞镖靶子，因为唱这样的东西实在太不人道了，要是我当时有把榔头，就会砸碎斯文的随身听，不让他唱这么难听的歌。除了这一首，我很喜欢斯文别的歌，他唱歌我从不错过，特别是他一边唱一边张开双臂模仿飞机的时候，这都让人想和他一起飞起来。斯文一个人就比所有的医生和护士加起来还更欢乐。

　　然后还有气泡。这名字是我取的，因为每次我问她叫什么她都不回答，所以还是得给她取个名字，每个人都有权拥有一个名字，或者至少有个外号，好方便互相介绍，于是我就帮她做了主。至于气泡，事情就很简单了，药片清空了所有的东西，碎纸都没留下一张，她是全职的没头脑者。她有搬家时用的那种泡泡纸，一天到晚掐那上面的泡泡、看天花板、吃药。气泡用手臂吃药，因为她胃口倒了。她的手臂能吞掉一升又一升的药水，也不变粗一丁点儿，真是奇异。一个护士告诉我说气泡以前做过坏事，药品能防止那些恶魔又回来填充她的大脑。于是大脑里充满空气的气泡，就不停地掐着泡泡让自己觉得安心。每当我的耳朵灌满了斯文的歌时，我就来这儿看着天花板，听着塑料纸噼噼啪啪的声音，放松身心。要是赶上气泡到处乱撒气，就得赶紧逃跑，因为，这一点无药可救。

有个经常来看气泡的，叫酸奶，一个奇怪的、以为自己是总统的人。这名字不是我取的，而是医院的工作人员。因为他看起来软软的，就像白奶酪马上要溢出来流到地上的样子。他的大脑被搬空了，药片又搬过来一些崭新的东西。他脸上长着些人家脚上才长的怪怪的鸡眼，嘴巴周围总是挂着饼干渣，真的很恶心。为了掩盖他严重的丑陋，他把染过的那点头发抹得亮亮的，然后立起来往后梳，可能他认为把乌鸦翅膀贴在脑袋上，看起来会挺精神。他经常来看气泡，医院里所有的人都知道他对她有感情。他一小时又一小时地待着听她咯吱咯吱地挤泡泡，同时念叨着关于总统这一行的事儿。所有的句子，他都用"我"开头，我、我、我，听多了实在很烦。为了拉票，他在走廊里跟每个人都握手，表情严肃得可笑，星期五晚上，他召开会议，阐述自己的理想，然后用一个纸箱进行投票。这事儿能搞得挺热闹，尽管每次都是他获胜，因为总是只有他一个候选人。斯文负责数票,并且在小本里记下结果,接下来斯文唱票,酸奶带着胜利者的神气坐到一把椅子上,开始演讲。爸爸说他的领导能力跟一把后厨的凳子一样超群,但说来说去大家都挺喜欢他。他作为总统是很可笑的,但作为病人倒是不坏。

一开始,妈妈在三层觉得非常无聊,她说反正是疯了,还不如到四层去,彻底地疯。她觉得跟她同一层的邻居们都很没劲,药片儿也没把他们变得更有魅力。她的状态则是多变的,有时,她举手投足都很亲切地迎接我们,我们走的时候再变得歇斯底里;有时候情况恰恰相反,我们待着就显得很困难。这种时候,就得耐心地等待着她安静下来。有时得等很长时间,爸爸也总是保持着一贯的微笑。我觉得,他很坚强,很令人安心,而妈妈的心情不好时,却觉得这微笑让她恼火,这些情况真的让人很难处理。

幸而,妈妈还保持着她的幽默感,经常模仿她的邻居们:做鬼脸,拉长声调说话,或者拖着脚走路。一天下午,我们到时,她跟一个秃头小个子聊得正欢。他说着话,眼睛看着脚,不停地把手搓来扭去,令人惊讶的是,他的脸满是褶皱,而秃头却光滑无比。

"乔治,你们来得正好!我跟你们介绍我的情人,他看起来其貌不扬,但只要他乐意,倒是个勇猛的情人。"她大声说,还抚摸着对方的脑袋,后者一边点头,一边大笑起来。

爸爸走过去握住她的手，对他说：

"谢谢你，亲爱的朋友。我跟您商量商量，她叫喊起来的时候，您负责，她笑起来的时候，我来管。您占不少便宜，因为，她喊的时候比笑的时候多多了。"

妈妈大笑起来，爸爸和我也笑起来，秃头也跟着笑起来，声音还更大。

"好啦，走吧，老疯子，一小时后回来。谁知道呢，说不定我到时候会想要喊上两嗓子呢！"她冲着秃头说，后者捧着肚子出去了。

另外一回，我们到时，她低着头，胳膊沿着椅子垂下来，还流着好多的口水，爸爸当即跪下了，大吼着叫护士，但一回头，她又站了起来，发出了孩子般的笑声。这一回，她的玩笑只逗乐了她自己，爸爸脸都白了，我则像个婴儿般地哭了起来。我们一点儿也没觉得好笑。被吓坏了的我非常生气，我对她说跟小孩子不能开这样的玩笑。于是她开始啄我，求我原谅，而爸爸说我的愤怒正义而智慧。

随着时间推移，妈妈成了第三层的老板娘。无论什么时候，她以极好的心情治理着一切，发布命令、颁发嘉奖，倾听抱怨和诉苦，提供建议。于是一天，爸爸给她带来一个国王饼的硬纸王冠，但她笑着拒绝了。

"我是疯子们的女王，还不如给我戴个漏勺或者漏斗什么的。各有各的领地，各有各的权利！"

整个朝廷都到她的房间里觐见，这成了仪式。喜欢她的男人们送来图画、巧克力、情诗、楼下园子里的花——有时还带着根须，也有的，仅仅是来看她说话。妈妈的房间成了琳琅满目的小博物馆，铺天盖地都是东西，有人还穿上正装来看她。爸爸一点儿也不嫉妒这些疯子，反而觉得他们很令人感动。我们进到房间里时，他拍拍手，所有恋爱中的男人都赶快撤离，有的低下头，有的连声说着对不起。

"待会儿见，我的宝贝儿们。"妈妈像女王坐火车离开时那样挥着手。

当然也有女人，她们人数没有那么多，大部分都来和妈妈一起喝茶，听她讲她以前的生活。她们张大眼睛，喔——喔——啊——啊地发出赞叹的声音，因为妈妈的生活实在配得上这样的称赞。甚至连护士们都很照顾她，别人不可以，她却可以选择吃什么，想关灯的时候才关灯，她甚至可以在房间里抽烟，只需要关上房门。这些事情，都让我们觉得她好些了，以至于忘了在同一时期，另一场搬迁即将进行。

搬迁的不止妈妈的头脑，我们的公寓也是，而这个搬迁也几乎同样令人沮丧。我们得把几个世纪的记忆都收到纸箱子里，分类或者扔掉。扔东西真的是最难的，爸爸在同一条街上租了一个公寓，但小得多，结果我们得装满好多的垃圾袋。人渣来帮我们，但并不像他外号能让人联想的那样，他并不擅长扔东西，有时甚至把东西从袋子里重新拿出来，振振有词地说：

"你们不能把这个扔了呀，总有用到的时候啊！"然后他就把我们好不容易才装好的袋子又打开，这实在太令人难过，因为还得把东西又重新放进垃圾袋，再说一遍再见。不能都留着，那个公寓里的地方不够。这是数学原理，数学很好的爸爸说。就连我也早就明白，一浴缸的水不能被装进一个塑料瓶里，这是数学原理。但对于参议员来说，这似乎没有什么正面意义。

自从妈妈住了院，爸爸表现得非常勇敢，他总是微笑着花很多时间陪我，玩耍、聊天。他继续给我上课，历史、艺术，他还用一台磁带转起来嗡嗡响的老式录音机教我西班牙语，他叫我 Senior[1]，我叫他 Gringo[2]。我们还试着和多余小姐玩斗牛，但总也玩不起来，不管是红色的浴巾，还是秒表，她根本就不在乎。她先看着浴巾，弯起脖子，低下脑袋，然后掉头跑掉。小姐不是一头好公牛，但也不能怪她，她生来不是干这个的。像计划的那样，客厅修好后，我和爸爸重新刷了所有的墙，由于公寓刚刚被卖掉，他告诉我说随便选什么颜色都没关系，反正我们也不住了。我于是选了鸭屎色，是多余小姐给我的灵感。想到新房主在看到他们阴暗而又令人沮丧的客厅时的表情，我们笑了很久。

---

1 西班牙语"先生"之意。——译者注。
2 西班牙语"老外"之意。——译者注。

他常常带我去看电影，这样的话，他可以在黑暗中偷偷流泪而不让我看见。出来时我能看到他通红的眼睛，但我装作什么事儿都没有。而搬家的过程中，有两次，他控制不住地在大白天哭了出来。白天的哭泣真的很不一样，是另外一个层次的悲伤。第一次，是因为一张照片，唯一一张妈妈忘了烧掉的照片。照得并不算好，但很美，是人渣在西班牙的露台上拍的，有我们三个人，还有小姐。那上面，妈妈站在栏杆上，放声笑着，头发搭在脸上，爸爸正用一根手指指着拍照片的人，肯定是在说不要这么拍，我闭着眼睛在挠脸，旁边是转过身去了的多余小姐，因为拍照这事儿完全在它的理解能力之外。什么都是模糊的，连远处的风景也看不清。这是一张很普通的照片，但是最后一张，唯一没有随烟消失的一张。爸爸就是为了这个在大白天哭了起来，因为我们的好日子如今只剩下一张拍坏的照片。他第二次哭是在电梯里把钥匙交给新房主之后。在第五层的时候，我们还笑得流出眼泪。新房主来的时候，意外地发现我们正在门口地上玩儿跳棋，一只大鸟四处疯跑，白痴一般地叫着。他们当时的表情真的太好笑了。但更精彩的，是他们表情怪异地为客厅屎一般丧气的色彩向我们表示感谢。但到了第三层的时候，爸爸的笑声就没有那么欢快了，等到了底楼，就变成了悲痛的长声哽咽。他在电梯里待了很久，我在关着的电梯门外等着他。

新公寓挺有魅力，但比以前那个小多了。只有两间卧室，走廊很窄。两人相遇时，要贴着墙才能通过。也很短，还没等到加速，我们就已经跑到了门口。植物碗柜如今只剩下了常青藤，碗橱对这个客厅来说太大了，于是常青藤趴在地面，柜子去了垃圾站。如此一来，二者都失去了它们的魅力。为了把蓝色的大沙发、两个癞蛤蟆椅、填着沙子的桌子和木箱子都搬进客厅，我们把每样东西都挨个儿调转了无数次的方向。这盘拼图我们试了好些天，最后终于明白，不能全都搬进来，只能把箱子送到地窖里去发霉。饭厅里，大桌子也进不来，我们换了一个小的，一个客人也招待不了，只有空着的留给妈妈的位置、爸爸的位置、我的，还有人渣的。因为虽然尽了全力，他还是无法把盘子和刀叉全放在肚皮上，放不住。其实也能，我们每顿饭都试，但每次都会滑下来。在我的房间里，只剩下了那个中等大小的床，因为如果放那张大床，就一厘米都不剩，我的玩具就没地儿放了。克劳德·弗朗索瓦还能玩儿，但距离太短，飞镖每次都能准确地插中他的脑袋。在这个公寓里，就连克劳德·弗朗索瓦都没有那么有趣了。厨房里的大花盆把位置让给了一个可怜的小盆儿，里面种着人渣和爸爸喝酒时需要的薄荷。浴室小得可笑，人渣在里头既无法转身也无法呼吸。他横着进去，像螃蟹一样，出来时浑身通红，遍体流汗，就像刚出蒸笼的大龙虾。他每次在里面弄掉什么东西我们都能听见他先是在咒骂，然后就喊起来，因为要捡东西时，他会碰掉更多的东西。对他来说，在那里面洗澡比服兵役更惨。至于可怜的普鲁士骑士，则没有获得任何与他地位相称的待遇，被撂在了地上。他打了无数的胜仗，外衣缀满了勋章，最后像个粗俗的墩布一样被放在地上。他唯一能看见的，是对面一个装满了袜子和内裤的柜子。这事儿让我非常郁闷。另外，能从这屋里望见的景致，对任何人来说都很凄凉。它正对着楼房的内院，光线昏暗，我们能看见邻居们在各自家里走来走去，不过更多的时候，是他们奇怪地看着我们：我和人渣玩儿开胃菜游戏的时候，或者我们往他肚子上放盘子的时候，或者小姐很早就开始吊嗓子叫醒一楼人的时候——不消三五声，她就能让所有房间的所有灯光同时亮起来。小姐很郁闷，拿嘴敲遍所有的墙壁，好像想把它们推开似的。她把到处都啄出洞，有时又无聊得大白天都能站着睡着。妈妈的大脑也好，家里的物件也好，没有人真的对这些搬迁感到满意。

幸运的是，妈妈又重新把事情掌握到了手中。一个星期五的晚上，我们来到医院，但所有的走廊都空荡荡的，所有的房门都开着，里面空无一人，举目望去，一个没头脑者都没有，连气泡都飞到不知道哪儿去了。走了一阵，我们总算听到从餐厅里传来的声响、音乐和尖叫。推开门，我们从来没见过的景象扑入眼帘：所有的没头脑者都穿着他们星期天的衣服在跳舞。有的在跳慢步舞，有的人自己跟自己跳，一边跳，还一边张着嘴大声吼，甚至有一个在一根柱子上摩擦着，跟个疯子一样，笑得很正常。《博让戈先生》循环不停地转着，这么疯狂的人群，他可能还没见过，虽然在我家客厅里他也算是见多识广，但这里是完全是另外一个级别。斯文坐在一张没有琴键的桌前，假装在弹钢琴，桌子上是妈妈在打西班牙响板，一边唱一边拍手，他们配合得如此完美，让人真以为《博让戈先生》是妈妈唱的。钢琴配乐是斯文弹出来的，连气泡都坐在轮椅里点头，脸上带着我从未见过的表情。只有酸奶在生气，因为耽误了选举，他挨个找跳舞的人去跟他们说得投票去，要是不选总统，下个星期就没人治理他们了。他甚至跑去拉妈妈的裙子，于是妈妈拿起脚边的糖罐儿倒在他的头上，还叫别的疯子也来给酸奶加糖，于是所有的没头脑者都围过来，把糖浇到他身上，还像印第安人一样围着他又唱又跳：

"给酸奶加糖！给酸奶加糖！给酸奶加糖！"

而他呢，站在原地一动不动，等着被浇上白糖，就好像总统的身体里一点儿怒气也没有。气泡看着这一切，咧开嘴笑了，因为她也是，早就受够了总统那一套了。妈妈看见我们时，从桌上跳下来，像陀螺一样转着来到我们身边，对我们说：

"今天晚上，我亲爱的们，我在庆祝我治疗结束，这一切都到头了。"

7

就在四年前,妈妈被绑架了。医院里的所有人都被深深地震惊了,医护人员都不理解到底发生了什么事,他们早就习惯了时不时有人逃跑,但绑架还真的从来没见过。窗户从外面被打开,房间里有打斗的痕迹,床单上有血迹,然而除了这些,他们什么都没看见,什么都没听见。他们觉得真的很抱歉,我们也理解他们的心情。头脑搬迁者和没头脑者们都晕了,总之是比平常都更晕吧,有些个人的反应实在令人吃惊。皱脸的小秃头非常肯定这是他的错,一天到晚使劲地挠着脑袋哭,让人都不忍心看着他,他还去管理处自首了好几回,但是谁都能明白,这可怜的小老头谁都绑架不了。另外一个非常生气,因为妈妈走时没有带走他的画儿,他叫着喊着拍墙,还骂妈妈。一开始还行,但时间长了,真的很气人,为了表达他的伤心而骂妈妈,这也太没道理了。他甚至还撕掉了他送给妈妈的那些各种伟大建筑的图画,我们倒是松了一口气,因为不用把它们带回家,家里乱七八糟的东西已经够多了。至于酸奶,他坚定地认为,是国家的秘密机构为了加糖事件替他报了仇。他不停地去找人说,再也不可以这样对他了,要是出现同样的情况,就会出现同样的结果,造反者会被抓走、用刑。他鼓起胸膛,挺直脖子走着,好像什么都不怕了。为了锦上添花,他号召所有的人都团结到他身后,但实在没有人想把自己跟白奶酪搅和在一起——做事不能太夸张。而斯文狂笑着拍打着胸脯,指指我们,然后张开双臂假装飞机飞走了,嘴里用瑞典语、意大利语、德语还是别的什么语言唱着歌,看起来很高兴。他又飞回来,鼓掌,再展开双翅,歌唱着飞走。我们走之前,他来抱我们,用突出的牙齿刮着我们的脸,轻轻地说着祷词,唾沫飞溅。斯文真是所有的没头脑者中最最讨人喜欢的一个。

警察们也觉得莫名其妙。他们来查看了房间,窗户确实是从外面被打碎的,血迹确实是妈妈的,倒在地上的椅子和摔碎的花瓶证明的确曾有过一场血腥的打斗,但在窗下地面的草坪上,他们没有找出任何痕迹。对周围人员的问讯也没有任何结果,工作人员没有注意到任何可疑的人在大楼附近徘徊。警察们要求我们对他们的话坚信无疑,因为识别出可疑人员,到底是他们工作中最重要的部分。他们第一次询问我们,妈妈有没有敌人,我们回答说除了一个税务官,所有人都很喜欢妈妈,但税务线索很快就被排除了。他们又问了我们第二次,可还是没有任何结果。原因很简单,绑架妈妈的,就是我们,我们不管怎样都还没有疯到去自首的地步。

饭厅里的庆祝活动结束后,我们回到了妈妈的房间,这时她向我们宣布,她再也不想生活在医院里了,反正医生说了,她永远治不好,既然吃药没用,她不打算一直这么吃下去了。"反正,我一直是有点儿疯疯癫癫的,那么,疯得多一点儿,疯得少一点儿，你们对我的爱不会变，不是吗？"我和爸爸对视了一下，认为这个结论充满了正面意义。再说了，我们也厌烦了这样的生活，天天来医院看她，等待永远不会到来的、她能回家的那一天，餐桌上她的位置总是空着，在客厅里三个人一起跳的舞一再被推迟。还有林林总总各式各样不计其数的其他原因，让我们不能再这样下去：医院的墙壁像剥下来的洋葱皮一样，使博让戈先生的歌的回响大不一样，不像在家那样让人听着起鸡皮疙瘩，还有多余小姐，常常站在沙发前，纳闷妈妈为什么不再躺在沙发上一边看书一边摸它的头。最后还有一点，疯子们和医护人员整天都能和妈妈在一起，而我们却不能，这让我有些嫉妒。我受够了和其他人一起分享妈妈，就这么回事儿。眼睁睁地看着药片把妈妈的大脑一点点儿搬空而毫不作为，这是犯罪行为。我正想到这儿，爸爸说话了，声音又忧虑又激动：

"我完全赞同您的意见，我亲爱的内塞西德！我们不能任凭您在这医院里继续消沉下去了，这还会影响到其他病人的心理健康！您在这里不停地带来这么多的欢乐，再这么下去，要不了多久这些疯子就会好了，到时候我怎么对付您那些求婚者？问题是我一点儿也不知道怎样才能说服医生们放您出去，我甚至都不知道怎样才能让他们答应给您停药。得编个八面玲珑的谎话，比普通的胡扯更扯的，要是成了，将会是谎言中的艺术品！"他感叹着，眯着一只眼睛看着烟斗的孔，似乎答案就在里面。

"但是，亲爱的朋友，我的乔治，好好想想！出去也好，停药也罢，根本就不用征得他们同意。再说，最好的治疗，不是被疯子们包围，而是和你们在一起！要是不离开这里，迟早有一天我会从窗户跳出去，或者把药一次全吃光，以前住我这房间的可怜虫就是这么干的。但是你们放心，事情不会发展到这种地步，因为我都想好了……你们把我带走，简简单单的！等着瞧吧，肯定很刺激！"妈妈说着，像以前一样欢乐地拍着手。

"把您带走？您是说绑架您，对吗？"爸爸咳了起来，用手挥开烟雾，好看清妈妈的眼睛。

"是啊，家庭绑架！我已经准备了好些天了，你们就快见识到这个艺术品了。谎言经过了精心地烹调，行动已经充分地准备，你们会发现我的安排滴水不漏！"妈妈声音很低，但充满了激情，表情真的像在密谋什么，眼里闪着狡猾的光。

"啊，真是！您准备的是高档货！是大师级的！"比任何人都熟悉撒谎技巧的爸爸轻声回答。

他的表情轻松了下来，好像舒了一口气，好像刚刚决定听从这个疯狂的主意。

"跟我说说您的计划！"他重新放上一朵火苗点着烟斗，眼光里闪烁着坚定。

妈妈真的把每一个细节都计划好了。她在最近一次的检查时偷了一瓶自己的血。她还观察了很多个晚上，发现每天晚上十二点，守门人都会从门房里出来三十五分钟，在外面兜上一圈，然后在存放床单的房间里抽上一支烟。我和爸爸就得在这时候从大门进去，自自然然的。但因为妈妈希望要做得跟真的一样，所以要造成她是从窗户被人绑架走的假象。我和爸爸认为这个主意非常合乎情理。从大门走的绑架太普通了，就算吃了那么多药，妈妈还是如此憎恶平凡。只要她愿意，她完全可以趁着守门人休息时自己从大门走出去，但这样的话就不是绑架了，整个计划都成了一场空。她的计划是这样的：十二点差五分，把血洒在床单上，小心地把椅子放倒，用枕头闷住花瓶砸碎，然后打开窗户，也用布掩饰声音，从外面砸开玻璃，造成入室犯罪的假象。我们则要在十二点五分抵达，脑袋上罩着丝袜，然后来到她的房间里征得她的同意将她绑走，最后踮着脚尖悄悄从大门离开。

"真是完备周密，我亲爱的，不过您想什么时候被绑架呢？"爸爸问道，目光有些飘忽，可能正在试着想象行动的每一步。

"就今晚，我的宝贝儿们，都准备好了还等什么呢？刚才的庆祝活动，我不是心血来潮才组织的，那是我的欢送会！"

回到家，肚子里怀着奇怪的感觉，我和爸爸把整个行动演练了好几次。我们有点儿害怕，但也忍不住没来由地嘿嘿笑。罩上丝袜后，爸爸的脑袋古怪无比，鼻子是歪的，嘴唇是扭的，而我整个脸都平了，像个大猩猩宝宝。多余小姐转着脑袋看看他，看看我，试图弄明白发生了什么事，又弯下脖子从下面看我们，但很明显，她完全被我们弄糊涂了。走之前，爸爸给我抽了一根烟，还喝了一杯金汤尼水，说强盗们在抢人之前都是这么干的。于是，他抽了他的烟斗，我抽了香烟，我们坐在沙发上喝了鸡尾酒，一言不发，甚至都没有对视一下，以保持注意力集中。

上车的时候，我整个人都晕晕乎乎的，嘴巴发干，喉咙里有一股呕吐物的味道，眼睛也扎扎的，但我感觉自己强壮多了，也明白了爸爸为什么要在做运动的时候喝金汤尼水。到达医院附近，我们远远地避开路灯，停车熄火，相视一笑，然后套上了长筒袜。就算隔着丝袜，我也能看见爸爸的眼睛里罩着一层朦胧的光。推开医院大门的时候，爸爸的丝袜在鼻子的位置裂开了，他试着把它转过来，结果耳朵又露出来了。他有些紧张地轻笑着，接着转丝袜，但这玩意儿不停地崩开，结果都快戴不住了，爸爸只能伸手到脑后抓着它。我们轻巧地从门房前跳过，然后踮着脚尖跑过走廊，直到转角处。拐弯之前，我们伏在墙上，爸爸伸头察看前方道路是否畅通无阻。他探出身子，大幅度地伸进伸出，脑袋也转来转去，这样子太搞笑了，就算喝了金汤尼水我也没法保持注意力集中。有时候，我们变了形的影子在墙上颤抖着前进，挺吓人的。走到楼梯口，我们看到一个圆圆的手电筒光斑在对面的墙上乱晃，还听见有脚步声临近。我吓呆了，脚像被钉在地上一样动弹不得，爸爸抓住我的后领，拎着我飞到了走廊的一角。黑暗之中，门卫从我们面前经过，但一点儿也没察觉到我们的存在。但这时候,涌到喉咙口的,已经不是呕吐物的味道,而就是货真价实的呕吐物。我忍住了,为了不发出声音,我也很清楚,不忍住的话涌出来的东西统统会被兜在长筒袜里。等到脚步声远去,我们发疯一般跑上楼梯,在金汤尼水和恐惧的作用下,我觉得自己在飞,上到第二层时我甚至都超过了爸爸,到了第三层,只消推开楼梯对面的门,我们就跟妈妈会合了。乱成一团的房间里,她乖乖地坐在扯乱的床上等我们。她也戴上了长筒袜,只是她的头发太多,看起来就像顶着个布满蜘蛛网的菜花。

"啊,你们绑我来了!"她松了口气似的说,站了起来。

一看到爸爸脑袋上碎得七零八落的丝袜,她就开始叽叽喳喳地说起来:

"可是上帝啊,乔治,您这袜子怎么弄的?您这样子整个儿一个麻风病人!要是有人看见您这样子,我们可就暴露了!"

"我的鼻子背叛了我,亲爱的,与其抱怨,还不如过来抱抱您的骑士!"爸爸回答道,拿起妈妈的手把她拉到身边。

而我,这时候已经开始打嗝,眉毛上渗出大颗大颗的汗珠流到眼睛里,眼睛看不清了,丝袜罩着的脸开始痒痒。

"还有我们的儿子,都醉了!"看到我歪歪倒倒走路的样子,妈妈惊叹道。

然后她抱住我,开始啄我:

"看看看看,这个帅气的小混混,喝醉了来劫持她妈妈,这不是魅力是什么!"

"他表现得非常好,现实版的亚森·罗宾[1],至少来的时候是,回去的时候我感觉得拉着他了,那杯金汤尼好像成事不足败事有余。"

"赶紧走吧,自由就在两层楼之下。"妈妈轻声说着,一只手拉起我,另一只手打开了门。

然而斯文就站在门后,飞快地在胸前划着十字,爸爸见状把手指按到嘴唇上,斯文学了他的样子,还兴奋地点着头。妈妈吻了一下他的前额,他把食指贴在突出的牙上,看着我们离开了。我们迅速地跑下楼梯,来到拐角处,又贴到墙上,爸爸又开始把脑袋和身子探进探出,妈妈轻声说:

"乔治,快别傻了,我想尿尿,您要是把我逗笑了,我就得尿到裤子里了!"

于是爸爸最后一次使劲挥了一下手臂,表示前路畅通。在走廊里,他们一人一边拉着我的手,直到跑到车那里,我的脚好像都没有沾地。

回家的路上,车里的气氛简直疯了,爸爸唱着歌,在方向盘上打着鼓点,妈妈大笑着鼓掌,而我揉着怦怦跳动的太阳穴看着他们。离开医院所在的街区后,爸爸开着车在路上左右摇摆,摁着喇叭围着转盘绕圈,我像一袋土豆一样在后座上滑来滑去,这场景简直不像话。一到家,爸爸就拿出冰箱里的香

---

[1] 亚森·罗宾,法国作家莫理斯·卢布朗笔下的一位侠盗。

槟，使劲儿摇晃后才打开，好把酒喷得到处都是。妈妈评论说，新公寓简直跟医院一样令人沮丧，但也还是更有魅力。摸着鼓起脖子的小姐的头，大口喝着酒解渴，妈妈跟我们解释了下一步的计划：

"我去旅馆里待着，等风声静下来。要是有人看见被绑架的人没事儿似的从家里走出来，那就太傻了，这段时间里，你们要好好编些漂亮的谎话，好对付警察局、医院，还有所有好奇的人。"她神情严肃地说着，把手中的酒杯像花萼般伸向那瓶胜利的佳酿。

"谎话就包在我们身上了，我们的经验太丰富了！但是等到他们调查结束之后，我们怎么办？"爸爸一边说，一边把瓶里剩下的酒都倒在了妈妈的杯中。

"之后？之后冒险继续进行，我亲爱的朋友。绑架只是第一步。再过几天，调查毫无结果，至少我希望是这样，这时候我们就去西班牙的房子里躲着。您去租辆车，以现在的情形我们可坐不了飞机，到边境之前都走小路，之后就可以像赶着投胎一样飞快地赶到山里躲起来，投向我们以前的生活。很简单。"妈妈说着，虽然已经支持不住，不过还是费劲儿地站起来跟我们干杯。

"哦，真是的，您想得真周全，您这样的人怎么能再跟疯子们一起待着？"爸爸说着，伸手拉过妈妈抱住了她。

香槟和逃逸过程中一波又一波的情绪把我抛向了梦乡，我在沙发上睡着了，眼前是爸爸妈妈在跳着情意绵绵的慢步舞。

他们在寻找妈妈和作案者，我们穿梭于警察局与医院之间，搬回她的物件，展示我们的悲伤情绪。剩下的时间，我们去一家肮脏的小旅馆看妈妈。住在那里的都是妓女，有的在哭，有的在笑，有的又哭又笑。妈妈用假名订了个房间。

"莉贝蒂博让戈，[1] 对于一个人们四处搜寻的人来说，这个化名一点儿也不低调。"爸爸说，脸上挂着戏谑的笑。

"恰恰相反，乔治，这您就不在行了，在住满婊子的酒店里还有什么比一个美国名字更低调？看来您在遇见我之前可什么都没见识过。"她摇摇摆摆地跳着舞，一只手搭在胯上，另一只手的食指被衔在两排牙齿之间，

"莉贝蒂，跟您在一起，每天都有新发现。"他答道，同时从衣兜里抽出了纸币。他给了我一张三位数的钞票，让我去外面逛逛，然后问妈妈：

"多少钱？"

要出发的那天早上，我和妈妈跟妓女们聊着天气和她们的顾客，等爸爸租车来，这时，我们看到他开着一辆硕大的、亮澄澄的、引擎盖上还有一个展翅欲飞的银色女神塑像的老爷车来了，为了搭配，他穿了一身灰色西服，戴着一顶鸭舌帽。

爸爸优雅地鞠了个躬，打开车门：

---

[1] 莉贝蒂为 Liberty，英文自由之意。

"博让戈小姐，劳您大驾，请上车。"他模仿的英国口音太失败了。

"哎呀，乔治，您这是疯了，这可一点儿也不隐蔽！"妈妈惊叹道，摘下了明星派头的巨大墨镜，又正了正逃亡者的纱巾。

"恰恰相反，博让戈小姐，这您就不在行了。逃亡就像撒谎，谎扯得越大越容易让人相信。"他一边回答一边抬了抬帽子致意，还叩响了脚跟。

"您说了算，乔治，您说了算！我还指望着躲在后备厢里过边境呢！没关系，您说的可能有道理，而且这样也挺有意思的！"她妥协了，向围着豪车的妓女们挥了挥手，她们吹着口哨鼓掌，神情十分羡慕。

在车上，爸爸给我扔过来一套小孩穿的水手服，还有个奇丑无比的带着绒线球的帽子。一开始我不想穿，他告诉我说，在美国，有钱人的小孩就是这么穿的，而且他自己也化了妆，要是我不合作，我们就会被发现。我于是穿上了衣服，他们笑了好一阵儿，爸爸从后望镜里看着我乐不可支，妈妈捏捏我头上的绒线球叹道：

"这才是不平凡的人生，昨天您还是强盗，今天又成了海军！别这个样子，好孩子，想想您的同学们，我保证他们更希望像您一样，坐在豪车里，前面有司机开车，身边是美国明星！"

我们沿着大路往前开,因为爸爸有说这样的掩护就不用走小路了。于是所有的小车、卡车超过我们时,都按着喇叭,人们在车窗后向我们招手,后座上的孩子们贴在座位上一动不动地看着我们,甚至还有三辆警车从我们身边经过时,警察们也竖起大拇指跟我们挥手打招呼。爸爸绝对是逃亡之王。我想他说得对,撒谎撒得越大,人们越容易相信。妈妈抽着烟、喝着香槟酒,向超过我们的人们挥手。

"多么精彩的生涯,我的孩子们,多么热情的观众!我真该一辈子都干这个!我是世界上最著名的无名者!乔治,请开快点儿,前面的人还没来得及跟我们打招呼呢!"

经过七个小时的风驰电掣,我们到达一家酒店过夜。爸爸在临着大西洋的一家大酒店里订了一间套房。

"您的主意都是成套的。但愿您订了两个房间,一个给我和我的儿子,还有一个给您,迷人的司机。"妈妈说道,很高兴有人给她像给名人一样开门。

"当然了,博让戈小姐。像您这样的明星是不会和下人挤一个房间的。"爸爸一边回答,一边弯腰从后备厢里取出行李。

走进大堂,所有的客人都装作不经意地看着我们。而我很气愤地发现,那些个工作人员,已经好久都没有见到过穿着水手服的有钱人的小孩儿了。

"一个套房给博让戈小姐和她的儿子,一间客房给他们的司机。"爸爸理智地放弃了他的英国口音。

电梯门打开了,里头站着一对真正的美国夫妇。为了报复爸爸和他的水手服,我冲着司机大声说:

"您看,乔治,电梯满了,拿着行李从楼梯上去吧,不要妨碍别人。"

爸爸的神情完全变了,电梯门就在他眼前关上,两个美国人很吃惊我的蛮横,妈妈接着说:

"您说得对,亲爱的,现今的下人们都为所欲为,上帝为了保障事物的得体,给仆人们发明了楼梯,给我们发明了电梯,我们都得注意,不要把事情弄混了。"

两个美国人肯定什么都没听懂,但他们还是挺同意似的点了点头。我们在套房门口大笑着等爸爸,他到时已经气喘吁吁,汗流浃背,鸭舌帽也转到一边,他微笑着冲我说:

"你等着吧,小捣蛋,害我拎着箱子爬了三层楼,我要让你穿这身水手服穿一整年!"

但我知道他就是说说而已,他这个人一点也不记仇。

晚上,在酒店的餐厅里,我评论说这地方更舒适,但没有上一个有意思,有那些妓女倒是挺热闹。这时爸爸回答说这个地方也有妓女,但这里她们更谨慎低调,不让人注意到。晚饭开始的那段时间,我一直东张西望,想要找出隐藏的妓女们,但没有成功。为了不被人发现,她们表现得非常职业,跟我们正好相反。这顿团圆饭,我父母点了好多东西,桌上堆满了盘子、烈焰龙虾、海鲜、烤扇贝串儿、冰镇的白葡萄酒、雪藏的粉葡萄酒、刀开瓶塞的香槟酒、浓烈的红葡萄酒，服务员们像蜜蜂一样围着我们转，他们从来没见识过这样的一顿饭。他们还叫来了俄罗斯的乐师为我们演奏，妈妈站到了椅子上，去招呼她的星星朋友，还随着小提琴和一杯杯伏特加疯狂的节奏，转着头发跳舞。爸爸在一边冷静地鼓着掌，挺直了背，像个真正的英国司机。我的肚皮眼看着就鼓起来了，已经不知道该叉什么吃的，也不知道该怎样才能让脑袋不再转。吃完饭时，我幸福地醉了，看见四周到处都是星星和妓女，司机说我醉得跟个真的美国水手一样了。作为逃亡者，我们闹得可以说是非常出色了。

在走廊里，妈妈拉着我跳华尔兹，她把脚上的高跟鞋甩到天花板上，偷偷摘掉我头上带绒球的帽子，她的丝巾轻拂过我的脸，她的手柔软又温暖，我能听见她的呼吸声和爸爸有节奏的拍手声，他跟在我们身后，愉快地笑着。妈妈从来都没有这么美丽，而我情愿付出一切让这支舞不要结束，永远不要停下来。在套房里，正任凭自己陷到柔软的被子里时，我感觉到被手臂圈了起来，该是他们利用我醉后的困意，把我轻轻地搬起。早上，我独自一人在爸爸的房间里醒来，父母在套房里，脸色憔悴，正吃着早餐。看来在夜里，家里的仆人和主人什么都可以做，什么都可以弄混，不再有什么尊卑高下了。

离开饭店前,看着妈妈付款时,爸爸咳嗽了好久。我们在雨中开上了一条笔直看不到尽头的、两边都是松树的路。由于头天晚上的畅饮,妈妈现在更情愿扔掉她的美国明星的身份。因为每次有车超过我们,她都会抱着脑袋呻吟:"乔治,让他们都别出声,拜托,他们一摁喇叭都好像有榔头把我脑袋敲得咚咚响,跟他们说,我什么都不是,什么人都不是!"只是爸爸对此也无能为力,他加快速度以甩开后面的车,而如此一来,我们又离前面的车更近了,这个永远无法解决的问题让妈妈接近了要爆炸的边缘。我看着一片片松树往后退去,试着集中精力,什么也不想,但根本就办不到。往前开,我们又要找回以前的生活,而我们正把以前的生活抛到身后,这不容易想清楚。走完了松树森林,我们开始往山上进发,弯道不停,我又开始试着集中注意力好不吐出来,这次我仍旧未能成功,而且看着我吐,妈妈也吐了,我俩还搞得到处都是。到了边境,我俩在后面都已经变绿了,还发着抖,在前面的爸爸则灰得跟他的西装一样。为了不引人注意,我们把车窗都关上,但车里却有股鲱鱼干的臭味,我们根本就没有吃啊。幸运的是,没有警察,也没有守卫,没有任何人检查我们。爸爸说我们躲过了这些,是多亏了什么人的协议和什么共同市场,可是我完全没有明白,一个市场,不管它怎么共同,跟我们没有被检查有什么关系?就算当了司机,我爸爸有时也很难让人理解。

  我们把最后的担心留在了边境,几朵云留在了法国的山顶。从山上下来开往大海的方向，西班牙用热烈的阳光迎接了我们。我们放慢了车速，大开车窗，让恐惧和鲱鱼的味道散开，我们用妈妈的手套和一个烟灰缸把吐出来的东西舀出去。

为了掩盖我的水手和明星两人酒醉呕吐的味道，我们在布拉瓦海岸边的一条路上停了下来，摘了一些迷迭香和百里香。他们坐在一棵橄榄树下，说说笑笑，白皙的面容迎着阳光。看着他们，我对自己说，我永远都不会后悔这一次的疯狂。这么美好的一幅画，不可能是一个错误或者失败的选择导致的结果，光影如此完美的场景不可能带来任何遗憾。绝不。

后来，我在父亲的秘密笔记里读到了他的这些描述。

8

癔症、躁郁症、精神分裂症,医生们搜刮了重重的词藻,捆绑在一起,强加到了她的身上。他们还把她与一栋令人沮丧的大楼捆绑在一起,以化学的方式把她与成吨的药物捆绑到了一起,因为她离奇的行为把她与一张轻飘飘的处方捆绑在一起,还在上面盖上代表医神的章。他们把她捆绑到远离我们的地方,离疯子们更近的地方。伴着扩散到整个家中的火舌与黑烟,让我惴惴不安的事情终于发生了,我从来没有相信过的事情降临了。她是故意的,为了烧毁她的绝望。随着幸福日子一天天的流淌,这个倒计时的嘀嗒声被我忽略了。但这一天,它突然发作,声音粗鲁,好像一只不幸的、坏掉的闹钟,好像聒噪不停的警笛,扎得人耳膜流血,它告诉我们,要快速离去,欢宴已经突然中断。

然而在我们的儿子出生时,康斯坦斯似乎在分娩的过程当中,用叫喊宣泄掉了她行为中某些无常的喜怒。我看着她凑近刚刚裹上包巾的婴儿,向他的耳朵里吹送祝福的语句——仅仅是刚做母亲的人自自然然说出来的一些表示欢迎的话,这些平常的美好令人欣慰,这种普通让我放下了心。孩子还是宝宝时,她古怪的行为似乎收敛了,也没有完全消失,她既能表现出理智，也能做出奇异的事情，但这些事都没有什么大不了的，没有什么令人不快的。然后小宝宝开始蹒跚学步，牙牙学语，再然后，步履变得敏捷，口齿变得清楚，宝宝开始成了个在学习在模仿的小男孩，她教他对所有的人都称呼"您"，因为称呼"你"，就马上会把自己至于受人摆布的境地，她说，"您"这个称呼，是人生中的第一道安全屏障，也是我们对全人类的尊敬表达。于是我们的儿子对所有的人都称呼您：卖东西的、我们的朋友、家里的客人、努米底亚来的小姐、太阳、云彩、所有物品、所有元素。她还教他向女士们鞠躬，对她们铺天盖地地说赞美的话，对于跟他同龄的小女孩，她建议让他行吻手礼。于是，当我们去街道上和公园里散步时，一切都仿佛发生在另一个时空，充满魅力。真的要亲眼看着他，放下装沙子的玩具或是滑板车，抬起小女孩的手，对方则瞠目结舌地看着自己的手背覆满轻吻；真的要看着超市里的顾客，忘记购物清单，睁大眼睛盯着他恭恭敬敬地鞠躬。有的母亲看到他后回过头来，望着面前手推车里自己的孩子，张开的嘴巴里塞满了饼干。她们似乎若有所思，这到底是怎么了？是她们的孩子出了问题，还是我们的有毛病？

他对她的母亲无限仰慕，而她对此又是无限自豪，以至于有时候她会想尽一切办法来讨他喜欢。有的孩子会在课间和朋友们互相吹嘘打赌，或者做点儿什么引人注意，而他则是和自己的母亲攀比。谁更大胆，谁更有创意，他们比赛着逗乐，吸引对方注意，客厅成了拆除现场、体操室、美术室，他们跳来跳去、烧东西、刷油漆、叫喊、弄脏一切东西。疯狂的竞赛从清晨持续到夜晚。他气势汹汹地叉着腰站在她面前：

"我觉得您可能不行，妈妈，您得考虑一下，这太危险了，还是赶快放弃了吧！这样的话我就赢了！"

"绝对不行！您听到了吗？我从不放弃！"她一边说，一边又一次从沙发上跳起，越过客厅的桌子，落到一个蛤蟆沙发上，并为自己拍手欢呼。

他对多余小姐产生的依恋令人感动。有一阵子甚至形影不离的跟着她，她到哪儿他也跟到哪儿。像她一样走路，模仿她脖子的动作，试着跟她一样站着睡觉，和她吃一样的食物。一天夜里，我们发现他俩在厨房里分吃同一个沙丁鱼罐头，脚和爪子都踩在油里。他也试着邀请她玩跟自己一起玩游戏。

"爸爸，小姐完全不懂游戏规则，一点儿也不懂。教我说她的话，我就能教她怎么玩儿了！"他对我说，这时大鸟正踩在一个桌游的棋盘上。

"用手势、眼睛和心灵跟她说话，这是最好的沟通方式。"我这样说，也非常清楚他会在接下来的几个星期中，一手放在心口，一手挽过大鸟的脑袋，睁大一眨不眨的眼睛，深深地看着对方。

而在这台乱哄哄的戏剧中，我则扮演起那个忠诚先生的角色。我穿上了缀满饰物的男士礼服：你们有什么愿望？要比赛什么？要丰盛的宴席，或者更古怪的主意？我挥舞着魔法棒，试着导演这场戏。没有哪一天会黯然流逝，却没有连串的疯狂构想，没有哪天晚上会白白虚度，却没有即兴安排的美食欢宴。晚上摆脱疲惫的工作回家，我在楼道里碰见议员老友，他汗流浃背，衣冠不整，手里托着成箱的酒、花束，或者外卖饭馆的餐盒：

"听见轰隆隆的声音没？暴雨要来了，今晚得好好整上一顿，穿好雨衣，做好准备，不然你今晚上可要完蛋了！"他兴奋地说着。门前，我的儿子也正在迎接客人，头上顶着海盗帽，脸上乱画着大胡子，一只眼睛蒙着，另一只眼里燃烧着骄傲，一只假木腿欢快地一瘸一拐。客厅里，我的夫人穿着一条宽松的裤子，低开的胸前露出一个骷髅头的纹身，她正抓着电话，向另一头的听者宣告说国王的舰队正在靠岸，需要援助力量迅速赶来，船已经醉了，得赶快清空货舱。

"我先挂了，船长来了，来得太晚的话兰姆酒就该蒸发没了。"

晚会期间，我们的儿子一直不睡觉，他学习跳舞，启瓶塞，调鸡尾酒。等客人在沙发上睡着了，他就和人渣一起给他们化妆打扮，然后拍照。有时人渣光着身子从卧室里出来，喊着说想要淹死在伏特加酒桶里，这时他就会像个疯子似的狂笑。有时议员会相中某位夫人或小姐，想把她带进卧室，他们为此制定了一套完美的计划，让她们乖乖坠入囊中。人渣暗地里告诉我儿子他心仪的对象，并让他在她四周都摆上酒，然后议员若无其事般来到她们身边，提议品尝各式酒精饮料。为了给他面子，没有哪个女人敢拒绝他的邀请。等到她们快"熟"了的时候，人渣就会在女人身边坐下，谈起他的权利，他和总统的会面和一切与他这般人物交往后会获得的好处。再然后，他就会把她们带到卧室里，和她们一起分享责任的碎片和名声的碎渣。一天晚上，我们的儿子可能是觉得他能自立门户了，也把一位美丽的女客人领进了他的卧室，他解开了衣扣，褪下裤子，扔掉小内裤，然后开始光着身子在床上跳跃，他对面的女孩觉得他可爱，心里有些窃喜，同时又惊愕不已。

显而易见，在此种条件下，我们的下一代的教育完全偏离了预想的轨道，每天晚上，他的周围莺莺燕燕，谈论的话题完全超越他的年龄，争论的内容海阔天空，时不时还有醉后充满高见的长篇大论。于是，相比之下，一天天的学校生活则显得平凡而且平淡。其实不是一天天，而是一个个下午，因为这些晚会，他几乎没有赶上任何一个上午。当马琳娜和我第二天惨白着脸，带着掩饰黑眼圈的墨镜出现在学校，为了他一次又一次的迟到不着边际地扯着谎时，老师都会目瞪口呆地看着我们。一天，她气急败坏地对我们说，学校又不是磨坊，想来就来，想走就走。我美丽的夫人一听，好像插上一万伏高压般毫不客气地回敬道：

"真可惜，您还别说，磨坊还是有用的，这个学校对他来说一点儿用处也没有，他在这儿就看些小儿科的书，也学不到什么东西，可是他晚上跟我们在一起的时候，会听到优美的散文，会跟书店老板讨论文学新动向，跟外交官聊天下大事儿，他和他的议员朋友一起捕捉微醺的美女，他和世界级的银行家评论税务制度和国际金融，不论是平民女子还是男爵夫人，都臣服于他的魅力，而您却在这儿跟我说按时来上课的事情！您在想什么呢？让他长大了当公务员？他是一只博学的夜鸟，字典都念过三遍了，您却想让他做个翅膀沾满沥青的海鸥，在这个沉闷的黑色泥潭里挣扎！正是为了避免这种情况的发生，他才只在下午来学校！"

我脸上挂着微笑，把眼镜按下来，饶有趣味地看着她滔滔不绝地扯出这些不切实际的论据。这时，我们的儿子正想象着自己是一只博学的夜鸟，用翅膀振动空气，在老师周围绕着圈地飞。这已经是不知第几次跟老师的冲突了，我明白，在这之后，儿子在学校剩下的日子已经不多了，循规蹈矩上学放学的节奏已经维持不了多久了。

他以为这只是个游戏，大多数时候，他都会笑着看着他的母亲，以为她又在扮演某个胡言乱语的角色。他以为是个游戏，于是我也做出不太惊讶，并不忧伤的样子。那天晚上，在静静地看了整整一天书后，科莱特摘掉眼镜，眼神严肃，语调迟疑：

"告诉我，乔治，给我一些您睿智的光芒……我怕自己没有弄明白……约瑟芬娜·贝克在战时没有来过巴黎……那么，您就不可能遇见过她。您为什么要拿那些话骗我？您不可能是我祖父，这本传记上白纸黑字写着呢，这里面的时间有问题，要不通篇都是谎话，这一切都不可能，完全不可能，不可能，您听见了吗？完全不可能，本来我已经没有名字，现在这本书又来拆掉我的亲缘关系，谁能说您真是我的丈夫，什么时候我就该读到一本书说您从来没见过德古拉？"

我能清楚地听见她声音里的慌乱，我明白这一回，她的语句中没有蕴含丝毫的幽默。她不幸地严肃着，迷离的眼神正观察着内心世界的崩塌，而我，则能听见脚底下的木地板正在一条条地抽离。这时儿子哈哈笑着，开始在一张纸上快速描画一棵没有任何逻辑的家庭关系的树谱。科莱特看着我，好像看着马路上的一个陌生人，一个似曾相识的陌生人，她一根手指指向我，嘴唇略张眉头紧皱，似乎要叫我，似乎已经迷失。她轻轻地摇晃着脑袋，口中喃喃地念着什么咒语，好像是想要轻晃脑袋让里面的事物重新找回原来的秩序，找回理智。

"我得去躺会儿，我精疲力尽了。您用花言巧语迷惑了我！"她吸了一口气，走向卧室，垂头看着左手揉搓着右手的掌纹。

"那这么说的话，妈妈到底是谁啊？是我祖母？约瑟芬娜·贝克是我的曾祖母？得给我讲讲清楚，不然这棵家庭树也太奇怪了，没几个分叉却有好几个树枝！"我们的小男孩儿嘴里咬着铅笔说。

"你要知道，苏绒的想象力很丰富，她能把一切都拿来说笑，甚至包括她的亲缘关系，但在这棵树里，你妈妈既是根，也是树叶，还是树枝，还是树杈，我们则是园丁，我们得想办法让这棵树一直站立着，不要失去根系倒掉。"我勉强挤出一丝热情，用一个含糊的隐喻回答了他，而他则疑惑地接受了任务，虽然完全没有明白其含义。

起火之后，我不能再一直演出这幕喜剧了。火焰、黑烟、消防员、我爱人肩上烧焦的塑料，试着用欣喜的语调掩盖这些事实的悲哀的她，但这已经不能再是一个玩笑的结果了。我看着儿子给她盖上金色的被子，他有意识地把被子拉到她肩膀以上，好遮掩、不看见、不再看见他随烟逝去的无忧无虑的童年烧焦的印迹。他表现得非常镇定，在这件事的考验中显得非常勇敢，警察审问他母亲时，还有医生们进行五花八门的检查时，他一直专注而严肃。他一次也没有软弱，他骄傲乖巧的脸上没有淌下过一滴泪珠，唯一透露出他的痛苦的，是他绷直的胳膊，将紧握的拳头塞到裤兜里的最深处，他的脸专注而严肃，他评论道：

"什么乱七八糟的，得想想办法了，是不是，爸爸？我们不能让她就这样走了，得一脚踹开这些破事儿才行！"听到他母亲必须住院治疗的消息时他这样说，还蓄势狠狠地踹了空气一脚。

晚上我们俩一起回家的路上，我心想，到了这个境地，他说得有道理。我们没有别的选择，只能狠狠地踹上现实一脚。

为了不让他伤心，不让他知道可怕的真相，我跟他说妈妈好了能回家——医生跟我说的恰恰相反，在他们看来，她永远都出不来了，她的情况只会越来越糟，她口中的这栋令人沮丧的大楼，将是她最后的归宿。我没有对儿子说，为了保障别人的生命安全，他母亲只能死在这栋楼里。这个美丽的春天的夜晚，走在街头，我的手里拉着儿子的手，我不再是那个自我感觉良好的幸福蠢蛋，这个称谓的前半部分，我眼睁睁地看着它飞走消失。在遇见他母亲时我赌了一把。读完所有条款后，我签了这个合同：接受基本条款，并了解签约另一方。我一点儿也不后悔，我不能后悔接受这种甜美的与众不同：对现实始终不屑一顾，对世俗、对时间表、对季节嗤之以鼻，对"别人怎么看"轻蔑一瞥。从这时候起，我们别无选择，只能冲着这混账的现实狠踹一脚。对此，我们将给合同加上一个补充条款，经过了这些年的晚会、旅行、不羁的生活方式和出奇的欢乐，我无法跟儿子解释说这一切都结束了。从此以后，我们将每天去到一个医院的病房里，听他母亲胡言乱语，说她只是一个精神病人，说我们只能静静地看着她沉沦下去。我跟儿子撒了谎，好继续这个赌局。

露易丝的情况时好时坏，每次见到她之前，都不知道她会是什么状态。于是每次到达前，我们的小男孩儿都会很紧张。药片使她变得沉稳一些了，帮她找回了一些从前的状态。有时见到她时，她轻轻巧巧地有点儿疯癫，就好像一点儿也没有变。但有时候,我们推开门,她正双手合十,念着按自己的意愿作的颂诗,跟心中的魔鬼们聊得不亦乐乎。在短短的时间之内,她成功地博得了其他病人的好感和医护人员的同情。后者对她如对一位男爵夫人般唯唯诺诺,恭谦有礼。在这些错综复杂的走廊里,一个个迷途的灵魂借着没有目标漫游的身体在游荡。我们的儿子也很快找到了自己的方位,为自己安排了一套正常人都会觉得不现实的探访程序。他先去为一个精神分裂的音乐爱好者端痰盂,然后去给一个被强大的药力拔除了危险性的女犯人打下手。他不在的时候,我和他母亲筹划安排她的出逃行动,我给这个行动取了个代号,叫做"博让戈自由行动"。露易丝为这个计划感到十分兴奋,她还点评说,这个群疯汇集的楼里,完全能有我的一席之地。

"亲爱的乔治,我真该给您分点儿我的药片儿,可是真对不住,今天我把它们全都吃掉了。我保证,明天给你留着。这个'博让戈自由行动'必须是一个健康的精神的结晶。"

"博让戈自由行动",是我儿子提出的对现实狠踹的这一脚。我无法不给我们的人生这部小说加上一个戏剧性的句点。我们给儿子的结局必须跟情感充沛、满满当当、全是惊喜和快乐的叙事保持在同一个高度。露易丝希望自己来承担这个计划的一切,认为这就像是一个嘉奖,这个劫持行动将是她为自己成为疯人女王加上的玉冕,为了给儿子最后一次大大的惊喜,仅此而已。

9

我们露台前十来米的下方，从一开始就有棵大松树。以前有时我们在西班牙过新年，就用它当圣诞树。我和父母一起花上一天的时间来装饰它，我们爬在梯子上，给它挂上闪闪发光的彩带、眨眼睛的彩灯，撒上云一样的棉花，再在树顶上放上一颗巨大的星星。这棵树很美，装饰它的时光也总是非常美好。但是跟大家一样，它长大了。自从我们躲到这里，妈妈就不停地咒骂它，说它挡住了我们的视线，看不见湖了；说它挡住了露台上的阳光；说要是哪天下场暴雨，它会倒下砸中我们的脑袋、砸坏房子，说不知道哪天早上这棵树就会变成谋杀犯。她只要从松树跟前经过，都会说起这事儿，但从家里的每个窗户都能看到它，于是妈妈就不停地说。爸爸和我对松树没有任何意见，它也并不影响我们，要是想看到湖，只需要挪上几步，但对妈妈来说，它成了眼中钉肉中刺。因为树长在我们的地界之外，不属于我们，我和爸爸曾去见过村长，请求允许砍掉它。但村长拒绝了，说要是所有的人都砍掉妨碍自己的树，那就没有森林了。回家的路上，爸爸说他同意村长的说法，但在妈妈那儿，这棵树给我们造成麻烦，我们必须想办法让家里重新平静下来。讨妈妈开心还是毁掉森林，实在是个复杂的问题。

人渣到了假期的时候，会过来跟我玩开胃菜游戏，为了实现人生目标，往胃里填满食物，像每回一样在露台上把自己烤焦。除了他之外，我们不再招待任何人了。第一次来的时候，他开车带来了多余小姐。抵达时，他可以说是身心俱疲。路上，多余小姐不停地叫，拍翅膀、用尖嘴啄车窗、在后座上堆满排泄物。此外，他在边境上也碰到了麻烦，守卫还把所有的东西都检查了一遍，证件、车辆、行李。当他摊牌说他是议员时，他们又重新检查了一遍，因为怀疑他是个冒牌的。从车里钻出来时，他表示说再也不想见到多余小姐，就算是画像也不想看到，而且要是他自己说了算，他会把她串起来烤了吃掉，再就上一瓶布尔盖的红酒。小姐本人则立刻飞到湖边，生了一天的气。当人渣回巴黎的卢森堡宫工作时，我们四个待在一起，这也完全足够了。

有时候爸爸给警察局打电话，好了解调查的进程。他打开免提，让妈妈听见警察说他们没找着她。我们捂着嘴闷笑，爸爸用悲伤的声音说："这实在是太可怕了，让人无法理解，她总得在什么地方啊！您确信，连一点儿线索都没有吗？"于是警察仍然用尴尬的语调回答说，他们还在原地踏步，但调查仍在进行。每当爸爸挂了电话，我都会大声说，要是他们在巴黎原地踏步，那离这儿还远着呢，开车坐飞机都要那么久，踏着步来，就得要很长很长的时间了。

这些话总让我父母哈哈大笑。

每天早上，爸爸和我还睡着的时候，妈妈就会和小姐一起去湖边游泳。她从岩石上跳下去，然后像木板一样仰浮在水面上看太阳升起。小姐叫着在她周围转来转去，试着用嘴叼鱼，但从未成功。随着时间推移，小姐已经成了一只住在客厅里、吃着罐头装金枪鱼的鸟，它会听古典音乐，戴项链参加鸡尾酒会，抓鱼这种事儿反而不习惯了。

"我太喜欢看着天空听水里深处的声音，这让我觉得不在地球上。开始新的一天没有比这更好的了！"妈妈回来时总是这样说，然后就给我们准备丰富的早餐。橙汁是花园里的橙子榨的，蜂蜜来自邻居家的蜂箱。

然后我们就去逛周围的小村里的集市，每天都是一个不同的村子，每天都是一个不同的集市。我知道所有商贩的名字，他们常常送给我们一些水果，有时是满袋子的杏仁，我们就去找个大石头或者人行道的尽头坐下，用石头或者鞋跟儿砸开了吃。鱼贩子毫不吝啬地向我们献出做鱼的秘方，卖肉的则告诉我们怎样像西班牙人一样做盐焗猪肉或者大蒜蛋黄酱，甚至是疯狂的海鲜饭的配方：加上鱼、肉、米饭、甜椒，还有头天所有的剩菜。然后我们去到一个白色和金色的小广场上喝咖啡。爸爸看报纸，一个人嘿嘿笑，因为对他来说，这个世界是疯狂的。妈妈抽着烟，闭着眼睛，脸像向日葵一样朝着阳光，让我给她讲些稀奇古怪的故事。有时我没有新主意，就给她讲我们昨天或者前天做的事儿，再添上些假的小细节，大部分时候，这也完全可以跟我那些编造的故事媲美。午饭后，我们留下爸爸，让他躺在吊床里，闭上眼睛，专心构思他的小说。而我和妈妈则去到湖边，天热的时候游泳，天凉的时候就采集大束的花，或者用石头打水漂玩儿。回到家，爸爸已经干了不少活，一脸褶皱，一头竖直的头发，满脑子的主意。吃开胃菜时，我们把《博让戈先生》放上，音量开到最大，然后再做烧烤当晚饭。伴着摇滚、爵士、弗拉门戈，妈妈教我跳舞，一切气氛欢快、诱人起舞的曲子妈妈都知道舞步和动作。每天晚上睡觉之前，他们允许我抽烟，吐圈圈，这时候我们就比赛吐圈。看着烟圈们升起来消失在星空中，每吐一口，我们都会暗自为这逃亡者的新生活欢呼。

不幸的是，一段时间之后，妈妈的大脑又间歇性地开始搬迁了。疯狂偷偷摸摸地藏着，一转眼就找上门来，平白无故的，就为了点儿小事，然后二十分钟后或者一小时后又一眨眼就不见了，之后数周的时间里也不见踪影。在疯狂发作的时间里，不光是松树，什么东西都可能成为麻烦的焦点。一天，她想要换掉所有的盘子，因为陶瓷反射的阳光晃到了她，她怀疑盘子是想要弄瞎我们的眼睛；另一天，她想要烧掉所有的亚麻衣服，因为它们弄得她痒痒的，她还发现手臂上有块以前没有的疹子，挠了整整一天，最后都流血了；还有一次，是湖水被下了毒，其实只是因为下了一夜的雨，湖水变了颜色。而后第二天，她仍旧去湖里游泳，用陶瓷盘子吃饭，穿着亚麻裙子，就好像什么都没有发生过。无一例外的，她每次都力图让我们同意她的说法，试图证实她纠缠不清的疯话中的真实性，每次爸爸都试图让她安静下来，向她证明她弄错了，但这从来都不管用。她激动不已、喊叫、手舞足蹈，带着一种令人畏惧的微笑看着我们，并指责我们不明事理：

"你们不明白，你们什么都看不出来，就在你们眼皮底下你们都看不见。"

大多数时候，她都不记得自己做过的事情，于是我和爸爸也并不提起，就好像什么都没有发生过，我们觉得没有必要在伤口上撒盐，生活中出现这样的情况已经很难应付了，没有必要在言语中再经历一遍。有时候，她也明白自己走得太远，她说的、做的都不合情理，然而，这才是更糟糕的，因为就是这些时候，她不再让我害怕，而是让我们心疼，非常心疼。然后她独自一人哭着忏悔，我们就觉得她永远不会停止哭泣，就像下坡时跑得太快刹不住脚，她的悲伤来自太高太远的地方，让她无法抵御。她化的妆也抵御不住，在她脸上漫溢开来，剥离她的睫毛和眼睑，弄花她圆润的脸颊。她铅华褪尽后狂乱的眼神让她看起来美得惊心，悲伤之后跟来的是抑郁，她呆坐在一角，缩着头，头发披散在脸上，变换着双腿的姿势，像刚刚赛过跑一样用力呼吸好喘过气来。我对自己说，她这样做可能是为了能跑赢她的悲伤。爸爸和我在这样的情形面前只觉得自己毫无用处。他可以试着温柔地跟她说话，安抚她、慰藉她，我也试着不停地抱她,但都没有用,这种时候,她是无法被安慰的,她和她的问题之间,没有我们的地方,那个空间我们进不去。

为了减弱每次危机的规模和压缩它们的长度,一天下午,我们举行了一个战时会议。三个人,汇集到露台上,我们指定了每个人为了跟这糟糕的处境作斗争的武器。爸爸向妈妈提议,不要再一天到晚地喝鸡尾酒,因为随时随地这么喝一点儿也于事无补。虽然他不确信鸡尾酒会加速大脑的搬迁,但很明显,它们不可能把搬出去的东西搬回来。妈妈接受了这个灵魂的死刑,因为对她来说,酒是个真正的爱好,她还是成功地讨到了每顿饭喝一杯葡萄酒的权利,原因是,战争期间,剥夺她所有的弹药是不谨慎的。

好像一个自愿请囚的犯人,她要我们一旦发觉有疯狂出现的端倪就把她关到阁楼里。她对我们说,只有在黑暗之中,她才能看进那些魔鬼的眼睛深处。于是怀着无限的悲伤,爸爸堵住阁楼里所有的透气孔,扫了地,清除了蜘蛛网,又放了一张床。真的要很爱很爱妻子的人才能接受把她关进这样一个令人厌恶的地方,等她安静下来。每当疯狂降临,我都会恐惧地看着爸爸把她抱上阁楼,妈妈在叫喊,爸爸轻柔地跟她说着话,因为他没有别的选择。我会堵住耳朵,要是这情况持续时间太长,我会下到湖边,试图忘记生活强加给我们的这些混账事儿。但是有时候,妈妈的喊声都能传到湖边,我只能大声唱歌,等着喊叫变成悄悄话。一旦打赢她的心魔、她自己对自己的斗争,她撬开门,精疲力尽,并有些羞耻地凯旋归来。虽然阁楼里的战斗总让她很疲惫,但她夜里从来都睡不着,于是就要吃安眠药。因为睡着了,任何魔鬼都不会来侵扰她,她可以享受女战士的休憩。

由于妈妈不能喝开胃酒了,晚上爸爸就自己去跟松树喝。他自斟自饮,再把一些有毒易爆的化学制品倒到松树根上,后者则毫不疑心地全部吸收。我问他为什么和松树一起喝酒,他给我讲了个只有他才能想得出来的故事。他说他跟树喝酒是为了送它远行,它马上就要自由了,有人在别处,别的什么地方等着它。他说有海盗秘密联系了他,他们需要一根树干,做一艘船上的主桅杆,而他是善良的人,不想用斧头砍树,而是等着它自觉自愿地倒下。

"你想象一下,这棵树会离开树林,环绕地球旅行。整整一生,它将不停地远航,有时搏击风暴穿越大洋,有时停息在港口让海浪轻轻摇晃,它会披挂着粗壮的、饱经岁月的桅索,头顶上飘着一面画着骷髅头的旗帜。等着它的是一艘伟大的海盗船的一生。我可以向你保证,在船上它会更幸福,更有用。在这里,它只是这么多松树中的普通的一棵,一点儿用处也没有。"

他说着,往树根上倒上最后一口满是泡沫的清洁剂。

我寻思着,这些故事,他是怎么想出来的。我很清楚,他来松树边喝酒,是为了把它从视野中除去,是为了避免妈妈变得更疯狂。但想象着大树屹立在它的船上，带着海盗们穿越加勒比海或者北海，去发现那些秘密岛屿——这时我决定相信他的故事，因为从来都是这样，他擅长为爱撒一些美丽的谎。

妈妈不当志愿囚犯的时候，她似乎越来越关心我们了。每天早上，游完泳回来，她都会在我们的床头放上一小束花，有时还会附上一句话，书上读到的一个句子，或者她自己写的不错的小诗。她整天都待在爸爸怀里，要不就是把我抱在怀里。每当我经过她身边，她都会抓住我的手，拿过去紧贴着她的胸膛，让我听她的心跳，轻轻地夸我，说我小时候的事。我出生时他们在医院房间里庆祝，别的病人来抱怨我们彻夜不息的音乐和噪声。有时，为了哄我睡觉，她抱着我温柔地跳上一整夜的舞。或者，我刚学走路时，想要抓住小姐头上的翎毛；还有我第一次撒谎，说小姐在我的床上尿尿了。或者她仅仅是告诉我，跟我在一起，她有多么快乐。她从来没有跟我提起这些事，我也很喜欢听她讲这些我已经记不起来的事情，尽管在她眼中，忧郁时不时多过快乐。

圣约瑟节的时候，村里的居民们会组织持续整整一天的庆祝活动。早上，他们用花束装扮一个巨大的木质圣母像，家家老少都抱着花束赶来，粉的、红的、白的，特别壮观。他们把花束放在圣像脚下，组织者们慢慢地用这些花织出一条红底带白花的裙子和一件白底带红花的斗篷。没见过的话还真不敢相信,早上的时候,还只有孤零零的一颗头支在木头架子上,到了晚上,圣母玛利亚就跟所有人一样,为节日身着盛装,芬芳扑鼻。整整一天,到处都有鞭炮炸响,声音在山谷里回响,好像电影里打仗一样,一开始还吓我一跳,不过好像也没人担心。爸爸曾经跟我说,西班牙人都是节日的战士,而我则非常喜欢这种遍地是鲜花、鞭炮和桑格利亚酒的战斗。渐渐地,人们从山谷的四面八方甚至更远的地方赶来,穿着传统服装的男女老少挤满了村庄里的道路。不论是老爷爷还是小女孩儿,都穿着上世纪初的衣服,甚至连宝宝们都罩着带彩色花边的长袍,漂亮极了。为了加入这场节日的战斗,妈妈给大家买了服装好混进欢庆的人群。这回不像穿美国水手服那样了,我很高兴地穿上了闪闪发亮的坎肩、宽大的裤子和白色的低帮鞋。跟大家都穿得一样绝对不会显得滑稽。妈妈把蓬松的头发用一条有黑色花边的头巾束起来,穿了一条像历史书里面女王们那样的蓬大的漂亮裙子。这衣服很热,她不停地扇着用黑色布料做的扇子,那上面点缀着蝴蝶,她扇得特别快,于是一只只蝴蝶好像马上就会飞起来。下午,街道上挤满了参加游行的人,因为对他们来说,节日也是件严肃的事情,他们又骄傲又快乐。我想,能拥有这样的节日,完完全全值得骄傲。

天黑时,街道被篝火照亮。火把的光芒下,人们在舞蹈喧闹。教堂前广场上的圣母像脚下,人们做了一锅巨大的海鲜饭,锅那么大,只能用长长的木制耙子才能够得到中间的米饭,大家乱哄哄地去盛饭,乱哄哄地找桌子,乱哄哄地坐在长凳上，所有的人都混到一起。海鲜饭就是这样的节日的象征，是把一切有关的、无关的东西混到一起的智慧。吃完饭，他们还放了焰火，从屋顶、远处的山上、湖边的房子上，到处都有烟花冒出来，到处都在噼啪作响，村里的屋墙反射着焰火的光芒，到最后，短短的那么一瞬间，夜消失了，天空亮如白昼。夜以这种方式加入了这场美丽的战争。而就是在这时候，我看见妈妈的头巾下，源源不断的泪水径直冲下她苍白丰满的脸颊，绕过嘴角，在她骄傲的、颤抖着的下巴上做最后的加速，坠落到地上。

放完焰火，一位高大美丽的女士穿着红黑相间的服装，登上教堂的台阶，在乐队的伴奏下开始唱一些情歌。为了唱得更响，她向着天空伸出双臂，好像要触摸飘在空中的词句。她的歌那么美，让人怀疑她会不会为了使歌曲更感人，唱着唱着就哭起来。之后她唱起了更加欢快的歌，大家都开始有节奏地拍着手跳起舞，气氛魔幻，让人不知身在何处。人们的身影像木偶一样团团转着，各式的裙子像陀螺般在五彩的夜色里飞扬，穿着舞鞋的人们好像小塑像一样，轻巧地四处跳跃，小女孩们都穿着闪闪发光的花边裙子，深色的皮肤上，闪着黑黝黝的大眼睛，像博物馆的布娃娃。她们都美极了，尤其是其中的一个。我不停地看她，除了她的发髻、她宽阔的额头、她恍惚的眼神和粉色的脸颊，我无法调转目光。她就坐在那儿，带着骄傲的神气，微笑着轻轻地晃动扇子。她的长椅正好在我对面，而我却觉得她远在世界另一头。我一直盯着她，一直盯着，我们的目光终于相遇，我全身都凝固了，像个泥人，但一阵长长的、温柔的震颤却穿透了我的身体。

快到午夜时，教堂台阶前的人群退开去，广场中露出一个圆形的舞池，一对又一对的男女按顺序在女歌手和乐队前方起舞。有年老的夫妇，带着他们已经单薄的身子骨和丰厚的经验上场，对他们来说，舞蹈是一门学问，他们的动作充满自信，不差毫厘，让人觉得他们这一生的时间都是在跳舞，而人们又拍着手表达对他们的敬意。年轻的男女们来到场上展示他们节奏激烈的舞步，他们跳得那么快，以至于有些时候，他们颜色鲜艳的服装仿佛就要燃烧起来。舞蹈中的男女对视着，眼光中奇特地混合着征服欲和崇拜感，但最明显的，是火热的激情。然后是辈分交错的舞者，这就太可爱了，小男孩们和奶奶一起上场，小女孩们和爸爸一起跳，动作生疏笨拙，但充满温情，而且他们都跳得很认真，很小心。仅仅如此，他们的舞就很好看，于是大家又都拍手鼓励他们。然后突然之间，我看见妈妈不知道从哪里钻了出来，轻快地走到了舞池中间，一只手搭在胯上，另一只手伸向爸爸的方向。虽然她看起来很自信，但我真的捏了一把汗，他们可没有出错的权利。爸爸抬着下巴走了进去，人群安静了下来，好奇地看着当晚唯一的一对外人来跳舞。一段有永远那么长的寂静之后，乐队开始奏响音乐，我的父母开始慢慢绕着舞池转圈儿，他们略微低着头，对视着，仿佛正在相互寻找、相互驯服，这场景让我觉得又美好又令人焦虑。然后，穿红黑衣服的高大女歌手开始唱歌，吉它声开始变得激烈，铜钹开始震颤，响板开始击打，我的头开始旋转。我的父母飞了起来，他们俩腾空而起，一个绕着另外一个飞，脚在地上飞，头在空中飞，他们真的飞了起来，又轻巧地着陆，然后像充满激情的漩涡一般再次急切地飞起来。他们的动作疯狂炽热，我从来没见过他们这样跳过。这好像是最初的一支舞，也好像是最后的一支。这是动态的祈祷，既是开头，也是结尾。他们跳得迫不及待，上气不接下气，而我则屏住了呼吸，看着他们，不想要错过、不想要忘记，牢牢记住这些疯狂的舞姿。他们把自己的一生都放到这支舞中了，而这一点，围观的人群都已经明了，他们的掌声比任何一次都热烈，因为这对外国人跳得跟西班牙人一样好。我的父母在雷鸣般的掌声中向大家致谢，专属他们的掌声在整个峡谷中回响，我重新开始呼吸，我为了他们感到幸福，也像他们一样精疲力尽。

爸爸妈妈和村里人去喝桑格利亚酒了，我躲到一边，好细细品味这一刻，看着他们享受新的荣耀。我坐在一条长凳上，慢慢啜饮一杯牛奶，用目光在人群中搜寻我的西班牙布娃娃，不知道她在什么地方。然而由于所有的女孩都打扮得一模一样，我每次都以为找到了她，但每次都不是她。最后过了好一阵子，是她来找的我。像小说里那样，她用扇子挡住脸，突然从人群中走出来，缓缓走近，轻轻浮动的蓬大裙子托着她，她并不直视着我跟我说话，她的西班牙语我不太懂。她说着话，从喉咙深处吐出滚动的词句，舌头在上腭弹响，而我愚蠢地看着她，睁大了眼睛和嘴巴，像条刚刚被吊起来、在吞空气的鱼。她坐到我的身旁，继续滔滔不绝地说着，她替我们俩说着话，因为她已经看出我一个字儿也吐不出来，她也不提问，这从她的语调上能听出来。她独自聊着，不时地看一眼我的鱼头，这样很好，她告诉我她的想法，用扇子给我扇风，停顿片刻，又开始说话，没有想停下来的样子。这样挺好，因为没人要她停下来，有一句话没说完的时候，她俯身过来，吻了一下我的嘴唇，就好像我们已经结了婚，而我跟个呆瓜似的傻坐着不动，睫毛都不眨一下。在女孩子面前这么窝囊，真是不像话。她笑了，然后起身离去，还回头看了两次我的鱼头。

回家躺到床上关灯后，我听见门轻轻地打开了，然后看见妈妈的身影静悄悄地来到我跟前。她小心翼翼地躺到了我的旁边，把我揽到怀中，她以为我睡了，所以轻轻地说着话，怕把我吵醒。我闭着眼睛听她絮絮地细语，感觉她温热的鼻息吹到我的头发里，还有她拇指的柔软皮肤在抚摸我的脸颊。我听她给我讲了一个非常普通的故事，故事里的男孩又聪明，又讨人喜欢，是父母的骄傲。故事里的一家人跟所有的家庭一样，有着他们的喜怒哀乐，但他们仍然相亲相爱，爸爸又善良又慷慨，滴溜溜转的蓝眼睛灵活又好奇，他总是带着好心情、用最好的脾气做一切事情，让大家快乐地生活。而不幸的是，这本小说的中间，一场疯狂的疾病从天而降，要折磨摧毁他们的生活。妈妈的声音开始哽咽，喃喃地说她找到了解决这个诅咒的办法。她低低地说，这样会更好。于是我信了她的话，一瞬间觉得轻松了好多，我们就快能找回疯狂降临之前的生活了。妈妈一离开，我就想着我们明天的日子，安安稳稳地睡着了。

第二天清晨，露台的桌子上摆满了碗、面包篮子、果酱瓶，中间还插着一大束花：金合欢、薰衣草、迷迭香、虞美人、各色的雏菊，等等等等。我走到栏杆边，看到妈妈跟每天一样穿着她的白色长袍在湖里仰浮。眼睛望着天空，耳朵听着水深处的声音，因为要开始新的一天没有比这更好的了。回过头来，爸爸带着幸福满足的神情看着花束，但坐下时，他发现，花花草草投下的阴影中，有一瓶安眠药，里头所有的胶囊都已经打开，里面空空如也。他奇怪地看了我一眼，站起来，然后以光的速度跑向湖边。我站在原地，穿着睡衣纹丝不动，不想搞清楚那下面到底发生了什么。我看见爸爸在跑，我看见妈妈在漂，我看见爸爸往妈妈的方向游，妈妈的身体在往远处漂，我看着爸爸衣服也不脱就跳进水里游到妈妈身边，我还看见妈妈穿着一袭白衣，双臂交叉在胸前，缓缓地越漂越远。

爸爸从湖里抱出了妈妈，把她放在石滩上，上上下下地触摸她的身体，像个疯子一样按压她的胸膛，他试着让她复苏，他想让她活过来，他给她吹气，让她呼吸，告诉她他爱她，有多爱。我不记得自己怎么跑了下去的，却发现自己已经在妈妈身边，握着她冰凉的手。而爸爸仍在旁边问她，跟她说话，语气就好像她还活着，还能听见。他说不管什么事儿都没关系，他能理解，不要担心，都会过去，他很快就能找到办法。而妈妈则看着他，随他继续说着，她自己明白，一切都结束了，他只是在跟自己撒谎。于是妈妈的眼睛一直睁着，好不让他伤心，因为有的谎言比真相强得多。而我也明白，一切都结束了，我也明白了她来到我床边跟我说的那些话的意义。于是我哭了，从来没有那样哭过，因为我怨自己没有在黑暗之中睁开眼睛；我哭了，因为我悔恨自己没有早些明白，她的解决办法就是消失掉，跟我们说再见，离开我们；不再用阁楼上的疯狂来打搅我们，不再用她的固执意愿和不停息的尖叫呼喊来折磨我们。我哭自己明白得太晚，仅此而已。要是我睁开了眼睛，要是我回答了她，要是我留她陪我一起睡，要是我跟她说，疯狂与否，她这样就很好，那么她肯定就不会这样做，肯定不会去游这最后一次泳。然而我什么也没做，什么也没说，现在她就在这里，身体冰凉，眼睛望着别处，听我们诉说痛苦，却看不见我们眼里充满的泪水和惊恐。

我们三个在湖边待了很久，久得妈妈的头发和白色的亚麻衣服都全干了。风吹动了她的头发，风让她的脸又活了过来。长长的睫毛下，她的眼睛看着她飞去的天堂，嘴巴微微张开，头发在风中轻拂。我们三个在湖边待了很久，因为这样最好。我们三个在一起看着天空，我和爸爸静静地试着原谅她的错误选择，试着想象没有她的生活。尽管她还在我们身边，蜷在我们的臂弯里，面庞迎着阳光。

上来之后，爸爸把妈妈放置在一张躺椅里，合上了她的双眼，因为它们已经没什么用处了。他打电话叫了村里的医生，只是为了手续上的事情。明摆着的，没有什么可以治疗的，他们在一边谈了很久，我则一直端详着妈妈，她闭着眼睛，一只胳膊在身边垂下，另一只放在胸前，就好像她正在晒太阳。然后，爸爸过来跟我说，妈妈死了，因为她呛了水，她被淹死了，因为她游到了踩不到底的地方。他真是不知道该说什么了，所以才胡说八道，但是我知道，人不能一次吃掉一整盒的安眠药，更何况是在刚刚起床的时候。我明白，她是想要永远地睡过去，因为只有睡着了，她才能远离那些心中的魔鬼，才能不让那些癫狂的时刻打搅我们。她想要永远这么安安静静地待着，仅此而已。她就是这么决定的，虽然这个解决办法非常地令人悲哀。我想她可能是对的，我们得照单收下，更何况已经没有了选择。

医生让我们和妈妈在一起待上最后一个晚上，让我们跟她说再见，最后一次跟她说话。他能看出来我们的话还没有说完，我们不能就这样分开。于是他帮爸爸把妈妈安放到床上，就离开了。而这个夜晚是我这辈子最漫长的一个晚上，因为我不知道该说些什么，更一点儿也不想跟她说再见。但为了爸爸，我还是留下了，我坐在椅子上看着他跟她说话，给她梳头，把头埋在她的肚子上哭泣，他埋怨她、感谢她，跟她道歉，有时一句话里混上好几样这样的事情，因为他也没有时间用别的说法，他要用这一夜说完一生的话。他生她的气，生自己的气，为我们三个感到难过，他跟她说到了我们过去的生活和种种我们不会再做的事、再跳的舞。虽然他的语句含混不清，但我明白他想说的一切，因为我的悲伤跟他一样，但是说不出来。言语堵塞在我收紧的喉头、撞击到我紧闭的双唇之后，我只有一些回忆的片段在翻滚，都不完整，一段碎片很快被另外一段取代，因为人不能在一夜之间回忆起整整一生的事情，这是不可能的，这里面有数学原理，爸爸在别的情况下这样说过。然后天亮了，开始驱散黑夜，爸爸关上百叶窗，让夜慢一些离开，因为我们两个和妈妈在一起挺好的，我们不想要这个没有她的、新的一天，我们不能张开双臂迎接这一天，于是他关上百叶窗，让这一天再耐心等等。

到了下午，几个整整齐齐地穿着黑色和灰色西装的人来到家里，搬走妈妈的遗体。爸爸说他们是殡仪馆的工作人员，他们的职业就是摆出伤心的样子。他们悲痛地去到死者家里，把死者带走。虽然我觉得这个职业很特别，但我还是很高兴，在那么一小会儿的时间里，能把我的悲痛跟他们分担，这么沉重的痛苦，多少人来分担都是不够的。然后妈妈就离开了，没有仪式，去一个专门的地方等着葬礼。爸爸跟我解释说，因为安全原因，人们不能把死者留在家里，但我不太理解这是为什么。在这情形之下，她不可能逃跑，而且我们已经绑架过她一次了，可不会再来一遍了，活着的人有规矩要遵守，死人也一样，真是奇怪，但事情就是这样。

为了痛苦能被分担,爸爸让人渣临时请了长假。他第二天就来了,脸色灰白,雪茄熄灭了,他扑到爸爸怀里哭了起来,我从没见过他的肩膀像这样抖动,他哭得胡子上沾满了鼻涕,眼睛红得完完全全不可理喻。来跟我们分担痛苦的人,又带来了他自己的那一份痛苦,这么多的痛苦汇集到了同一个地方。于是为了把它冲淡,爸爸打开了一瓶酒,这种液体相当浓烈,我甚至都不会倒上一杯到松树根下去毒倒它——爸爸让我闻了一下,我的鼻毛就被烧焦了,他们却一整天待在那儿大口大口喝着。于是我看着他们喝酒、聊天,再喝酒、唱歌,他们只聊那些快乐的回忆。他们笑,我也跟着笑。人总不能一直伤心,然后人渣像个面口袋似的从椅子上摔了下去,爸爸要扶他,也倒了,人渣块头大,爸爸根本摆弄不了,于是他们趴在地上哈哈大笑。爸爸试着扶上桌子,人渣在找从他的虾形耳朵上掉下来的眼镜,他像野猪拱泥巴一样拿鼻子在地上搜寻,这般的场景,我真的从没见过。去睡觉时,我想妈妈要是看见了,肯定会很喜欢。我回了一下头,看见黑暗中,也不知道是不是幻觉,妈妈的幽灵坐在栏杆上,一边拍手一边狂笑。

葬礼前整整一周的时间,爸爸白天让我和人渣一起待着,晚上来看着我。白天的时候,他把自己关在书房里写一本新的小说,晚上来陪我,他一点儿也不睡。为此他就着瓶子喝酒,一遍遍点燃烟斗,他看起来不疲惫,也不悲伤,他看起来精神矍铄而且快乐,他的口哨依旧吹得难听,他的歌哼得仍然跑调，然而他做这些都是发自内心的，所以还能忍受。我和人渣尽量做些事情，他带我去湖边散步，我们比赛打水漂，他跟我调侃在卢森堡宫的工作，我们还玩儿开胃菜游戏，可是一切都惨兮兮的，两人都心不在焉。散步的路线总是太长，打水漂扔出去的石子总是跳得不够远，调侃也不够搞笑，只能让人微笑，杏仁和橄榄总是掉到旁边，或者既不轻松也不愉快地砸到额头或脸上。晚上，爸爸过来轻轻地给我讲一些看起来他自己都不信的故事，早上太阳还没有完全升起的时候，他还在那儿坐在椅子上看着我，点着的烟斗微微照亮他独特的目光。

西班牙的墓地跟别处的不一样。在西班牙，人们不是把死人都压到成吨的泥土和一块大石头下面，而是把他们都收到一个庞大的柜子的大抽屉里。村子的墓地里有成排的柜子和保护它们免受夏日热浪侵袭的松树。把死人都收拢到柜子里，来看他们的时候也挺方便。村里的牧师来主持了仪式，他看起来挺温和，穿着一件漂亮的白色和金色的长袍，头上只有一缕头发，被盘了一圈，好显得不那么老，那缕头发很长，从前额正中开始，转了整整一圈，最后被卡在一只耳朵后面，我、人渣，还有爸爸都从没见过这样的发型，那些穿着西装的人带着职业性的悲伤来了。当灵柩的车很漂亮，车厢里是棺材，棺材里是妈妈。小姐也在，为了这个场合，我给她系了个黑色花边的头巾，她表现得很听话，伸直了脖子，嘴壳低垂。他们把妈妈抬出来，放到牧师和她将来的抽屉前。风突然吹了起来，我们头顶上的松树枝开始摇曳，互相摩挲着。弥撒开始了，牧师用西班牙语做祈祷，我们用法语应和他。然而因为风的缘故，他那缕头发不断地被吹起来，胡乱舞动，他想要抓住头发，重新别到耳朵后面，结果就专注不下去了，他说几句，停下来拿手去空中找头发，再心神不定地开始说悼词，然而头发又飞了起来。他的悼词断断续续，脑袋四下进风，我们真的什么都听不懂了。爸爸转过来对人渣和我说，那缕头发是他和上帝保持联系的天线，现在这风刮起来，他就接受不到神的信息了。这下子，我们再也没办法保持严肃了。爸爸很得意，脸上挂着大大的微笑，因为只有他才能想得出来这种话。人渣开始笑，憋不住的笑，笑得蜷成一团，又大大地吸气好缓过劲儿来。虽然在这场合里不是很合适，我也跟着笑了，完全抵御不了这种欢快的力量。一开始，牧师很诧异地看着我们，手放在脑袋上，好固定天线，中断跟上帝的信息，我们只要稍微安静下来，就又开始咯咯笑，你看看我我看看他，再接着笑，最后只好用手遮住眼睛，保持严肃，牧师惊呆了，他可能以前从没见过这样的葬礼。该把妈妈收到抽屉里时，我们放了博让戈的唱片，这就显得特别感人了，这首曲子跟妈妈一样又悲伤，又欢乐。博让戈在树林里回响，钢琴的音符飞到空中，歌词在空气中舞蹈，这首歌很长，长到让我有时间看到妈妈的幽灵在远远的树林中像过去一样拍着手跳舞，这样的人永远不会完全死去，我微笑着想。走之前，爸爸摆了一个白色大理石的牌子，上面有他让人刻的一句话：致曾经所有的您，永远的爱和忠诚。我什么也没加，因为这回都是真话。

第二天早晨，我醒来的时候，爸爸已经不在他的椅子上了，烟灰缸里的灰烬还红着，空气中烟斗喷出的烟雾正在消散。露台上，人渣总算点着了雪茄，眼神有些模糊。他告诉我说，爸爸去找妈妈去了，他走进了树林深处，他是在我起床前离开的，不想让我看见。议员告诉我，他再不会回来了，永远也不会。但我已经知道了，那张空空的椅子已经告诉了我。我只是更理解他为什么精神矍铄而幸福，他当时正在准备出发去跟妈妈汇合，和她做一次长长的旅行。我不能完全怪他，那种疯狂也属于他，而且只有他们俩在一起承受，疯狂才能够存在。而我将需要学习，在没有他们的生活里生活下去。我将必须回答一个困扰了我很久的问题，别的孩子没有我的父母，他们是怎样生活的？

爸爸在书桌上留下了所有的笔记本，里面是一篇小说，我们的整个生活都被放了进去。真是不可思议，小说记录了我们一切的时光，好的或者坏的，那些舞蹈、谎言、欢笑、哭泣、旅行、税单、人渣、小姐，还有普鲁士骑兵、气泡、斯文、绑架、逃跑。实在不知道有什么没有被写下来的。他描写了妈妈的穿戴，她疯狂的舞蹈，她对酒精饮料的热爱，她生气的样子和美丽的微笑，她丰满的脸颊，还有在充满喜悦的眼睛周围颤动的长长睫毛。读着这本小说，我感觉把这一切又都重新经历了一遍。

我把他的小说命名为《等待舞曲再次响起》，因为我们真的总在等《博让戈先生》响起，然后寄给了一个出版编辑。他回信说写得很好，很幽默，也没头没尾，而且正因如此，他会发表这个小说。于是我父亲这本充满了正着和反着的谎言的书，充满了整个地球的书店，人们在沙滩上、在他们的床上、书房里、地铁上读着博让戈的故事，他们一边吹口哨一边翻转书页，他们把书放在床头柜上，和我一起跳舞，一起笑，和妈妈一起哭，跟爸爸和我一起撒谎，就好像我父母都还活着。真是胡闹，因为生活经常就是这样的，而且这样就很好。

10

"快看，乔治，这个修道院里全是在为我们祈祷的人。"空荡荡的建筑物里，她喊道。

然后她蹦跳着穿过中间的走道，将纱巾系在脖子上，变成新娘的拖裾，走道尽头，初升的阳光透过巨大的彩色玻璃窗，形成了一股神话般的光柱，灰尘的微粒在光柱里跳着恒古不变的舞蹈。

"我在伟大的上帝面前保证，不论我是谁，我都将永远爱您。"她用祈祷般的单调声音说着，两手捧着我的下巴，好用青瓷一般的目光催眠我早已着了魔的双眼。

"我在圣灵面前保证，不论您是谁，不论是白天还是夜晚，我都会爱您、疼您，我会陪伴您一生，不论您去到哪里，都跟随着您。"我一边回答，一边用手托起她圆润的面庞，她的微笑按捺不住地荡漾开来。

"真的吗？您在所有的天使面前保证，不管我到哪儿，您都会永远陪着我？"

"真的，不管您到哪儿，我都永远陪着您。"